n° 3

OBSERVATIONS.

[illegible handwritten annotation]

OBSERVATIONS

SUR

LES TRADUCTIONS

DES

LOIS ROMAINES.

PAR M. BERRIAT (SAINT-PRIX), *Professeur*
à l'École de Droit de Grenoble.

———

GRENOBLE,

DE L'IMPRIMERIE DE J. H. PEYRONNARD,

Et se trouve,

A PARIS, *chez* { NEVE, Galeries du Palais de Justice, n.º 9.
{ GOUJON, rue du Bacq, N.º 34.

====

1807.

176

OBSERVATIONS

SUR

LES TRADUCTIONS

DES

LOIS ROMAINES.

———

D E s quatre parties dont est composé le corps du Droit Romain, la moins étendue avait seule été traduite en français (1), lorsqu'au milieu du 18.ᵉ siècle, M. Hulot, docteur de l'Université de Paris, fit le même travail sur la plus considérable, ou le Digeste. Mais son ouvrage n'a été publié que long-tems après sa mort, et seulement depuis quelques années. Il a excité de l'émulation. Bientôt M. Gougis

———

(1) Du moins on n'avait publié que des traductions de parties détachées du Digeste. — 1.º Leduc, en 1689, publia celle des quatre premiers titres du liv. 4.ᵉ et de la loi 2.ᵉ, tit. 2.ᵉ, liv. 1.ᵉʳ; — 2.º Dantoine, en 1710, les Règles du Droit; — 3.º Lalaure, en 1760, les lois relatives aux Servitudes... — En 1771, Troussel a aussi donné la traduction du premier livre.

A

du Favril a mis au jour une seconde traduction du Digeste, et M. Tissot une traduction du Code et des Novelles ; enfin, on vient d'imprimer une nouvelle traduction des Instituts, qu'on attribue au même M. Hulot.

S'il faut en croire les Éditeurs de la traduction du Digeste, ni M. Hulot ni ses héritiers ne purent la faire imprimer : les Professeurs de l'Université de Paris s'y opposèrent, et furent assez puissans pour en obtenir la défense du Gouvernement. Ils étaient, dit - on, jaloux de faire de la science des Lois Romaines un mystère plus utile à épaissir que facile à éclairer.... Ils craignaient qu'une traduction du corps de Droit Civil ne nuisît d'autant plus à leurs intérêts, qu'elle serait reconnue meilleure..... Les Éditeurs donnent, en un mot, à entendre que cette traduction pouvait rendre inutile l'enseignement du Droit Romain : c'est ce que nous allons examiner.

1.° En supposant qu'une traduction des Lois Romaines fût assez parfaite pour dispenser les juges et les gens de loi d'avoir recours au texte original, elle ne suffirait point pour l'étude du Droit. Il est bien vrai qu'on peut apprendre le Droit sans maître, et il en est de même de toutes les sciences : avec de l'intelligence, de l'application, du zèle et beaucoup de travail, il est possible de se former soi-même ; on en a de grands exemples dans toutes les branches des connaissances humaines. Mais de tels exemples

sont rares; ils ont été fournis par quelques êtres privilégiés, et on ne doit en tirer aucune conséquence
pour le plus grand nombre des jeunes étudians.
D'ailleurs ces êtres privilégiés, conduits par des
maîtres habiles, eussent fait, sans doute, de plus
rapides progrès. Quelle est, en effet, la marche
qu'on suit dans l'enseignement? Elle consiste à diri-
ger l'étudiant dans la bonne voie, à lui indiquer les
meilleures sources, à lui expliquer les principes
obscurs, à lui apprendre à les appliquer, et à le
prémunir contre les écarts où il serait entraîné s'il
était abandonné à lui-même. Si, avec de tels secours,
les élèves doués des dispositions les plus heureuses,
doivent épargner beaucoup de tems, combien ceux
à qui la nature a refusé des dons extraordinaires,
c'est-à-dire les 19 vingtièmes des jeunes gens, n'en
tireront-ils pas d'avantages inappréciables !... Ainsi,
sous ce premier point de vue, une bonne traduction
du Digeste ne devait pas faire craindre leur ruine
aux Facultés de Droit.

2.º Les trois parties les plus considérables du
corps du Droit Romain ne forment point des ouvrages élémentaires disposés avec une telle méthode,
rédigés avec une telle clarté, et où les décisions
soient tellement liées les unes aux autres, qu'en étudiant les premières on soit conduit à comprendre le
sens des autres, comme dans un ouvrage de mathé-
matiques. Bien loin de là, elles sont entièrement

dispersées, soit dans les divers livres , soit même dans les titres où l'on indique que telle ou telle matière est traitée, de sorte qu'il faut un long travail pour les remettre dans leur ordre naturel… Il y a aussi des antinomies entre plusieurs d'entre elles, ce qui ne cause pas moins d'embarras. Enfin, les lois du Digeste n'offrent pas le dernier état du Droit Romain : elles ont été modifiées ou abrogées dans un grand nombre de points par celles du Code, et les lois du Code l'ont été à leur tour par celles des Novelles.

Nous nous bornerons à ces remarques : elles suffisent pour montrer combien est ridicule l'assertion des Éditeurs de M. Hulot. En supposant, nous le répétons, sa traduction parfaite, comment les jeunes gens , ou du moins le plus grand nombre d'entre eux, se tireraient-ils d'un semblable dédale, sans être guidés par des professeurs habiles ?

Nous l'avouerons toutefois : nous savons qu'on a toujours vu de mauvais œil, dans les Universités, les entreprises du genre de celle d'Hulot ; mais on était guidé par d'autres motifs que ceux qu'on prête aux instituteurs, et nous allons en indiquer quelques-uns.

Il n'en est pas d'une loi comme d'un passage de littérature. Qu'on traduise avec plus ou moins d'exactitude des vers de Virgile ou une période de Cicéron , il n'en résulte aucun préjudice pour la société ; les lecteurs seront tout au plus privés de

quelque jouissance, on ne les induira à aucune erreur
dangereuse. Ils ne courront pas même ce risque s'il
s'agit d'une maxime de morale, parce que le sens
général d'un chapitre ou d'un verset leur fera découvrir la faute du passage mal traduit, et que d'ailleurs
ils ne sont point obligés de faire ce que leur ensei-
gnent les moralistes anciens.

Dans une loi, au contraire, tout tire à conséquence. Une simple syllabe omise, un point ou une
virgule mal placée (2), donnent un sens différent
à une décision ; et il est souvent fort difficile de
découvrir le sens véritable, si l'on s'en tient à une
traduction, parce que les lois sont, pour la plupart,
autant de règles isolées qui ne se lient point les unes
aux autres. Ainsi, la faute d'un traducteur induira
en erreur l'homme de loi et le juge : trompés par
elle, le premier encouragera son client à soutenir
une mauvaise cause, et le second rendra un arrêt
injuste. Voilà assurément des conséquences un peu
plus fâcheuses que celles qu'auraient des traductions
inexactes d'ouvrages scientifiques ou littéraires.

---

(2) Nous en donnons des exemples dans ce mémoire. (Voyez
la partie du texte qui correspond aux notes 40, 42, 46, 48, etc.)
En voici encore un : L'omission d'une virgule dans quelques éditions modernes de l'Ordonnance de novembre 1563, a induit en
erreur plusieurs jurisconsultes et plusieurs tribunaux sur une
partie importante de la jurisdiction des juges de commerce.
Cette erreur a été enfin reconnue par un arrêt de la Cour de
cassation, du 20 frimaire an 13.

Répondra-t-on que s'il y a quelque doute sur le sens d'une loi traduite, on aura recours à l'original? Mais, outre qu'il est possible que le doute ne s'élève point, ou que l'erreur échappe aux plaideurs et aux juges, en se livrant avec trop de confiance aux traductions, sur-tout avec la confiance que les Éditeurs d'Hulot accordent à la sienne, on se mettrait bientôt hors d'état de comprendre les textes originaux. Si, en effet, la science du Droit devenait, à l'aide des traductions, aussi vulgaire qu'ils le donnent à entendre (3), la plupart des jeunes gens regarderaient comme une folie de consacrer des années à étudier la langue originale, et bientôt elle ne serait plus assez connue pour qu'on y eût recours avec succès.

Il semble difficile de répliquer quelque chose de solide à de pareilles raisons, que nous aurions pu développer davantage. Nous pensons néanmoins qu'on eut tort dans les Universités de réprouver les traductions : ces sortes d'ouvrages ont leur utilité, en prenant quelques précautions pour éviter les dangers auxquels ils exposent.

---

(3) Suivant les Éditeurs, M. Hulot, qui avait concouru plusieurs fois pour des places de professeur, « en fut constamment » repoussé par le reproche d'avoir voulu approprier à l'intelli- » gence de tout le monde la connaissance des Lois Romaines, par » leur traduction en français. » — Voyez la notice sur sa vie, en tête de la traduction des Instituts.

Les traductions, nous le répétons, sont utiles. On ne saurait, sur-tout, leur refuser l'avantage d'épargner beaucoup de tems. Elles donnent une idée approximative du sens des originaux, et elles facilitent et abrègent ainsi le travail de ceux qui étudient la langue du Droit Romain. Quant aux précautions à prendre, le système adopté lors de la régénération des Écoles de Droit, laisse peu de chose à désirer. En faisant enseigner les élémens des lois dans cette langue, en exigeant que les élèves l'emploient dans des examens et actes publics, on les a contraints à l'étudier. Il ne reste plus qu'à leur conseiller de n'user des traductions que comme de secours, et non pas comme de guides, et encore moins comme d'autorités. Il est sensible qu'à l'aide de ces mesures, les traductions seront utiles, sans avoir aucun inconvénient.

Jusques à présent nous avons raisonné dans la supposition que les traductions des Lois Romaines, mises entre les mains des jeunes gens, étaient bonnes. On sent que si les traductions sont mal faites, elles perdront dès-lors le seul degré d'utilité auquel elles puissent aspirer; que loin de servir de secours et d'épargner du tems, elles ne feront qu'égarer et entraîner à des recherches longues et superflues.

Ceci nous conduit à parler des qualités que doit avoir une traduction des Lois Romaines, des difficultés qu'offre ce travail, et enfin des ouvrages de ce genre qui ont été publiés.

Les Lois Romaines sont destinées à servir de règles, ou tout au moins de guides aux étudians, aux gens de loi et aux juges. Il est donc incontestable que la première qualité d'une traduction de ces lois doit être l'exactitude. Nous regarderons la clarté comme la seconde : car il importe de ne pas augmenter l'embarras que le jurisconsulte éprouve trop souvent lorsqu'il s'agit de découvrir le sens des lois. Enfin, la correction du langage est nécessaire, par cela seul que les traductions seront souvent entre les mains des jeunes gens, à qui il importe également de bien apprendre leur langue naturelle.

Nous ne parlons point de l'élégance : il serait à désirer qu'elle fût réunie à l'exactitude, à la clarté et à la correction ; mais il serait aussi à craindre qu'en cherchant l'élégance, on ne manquât quelquefois à l'exactitude. Néanmoins, lorsque le sens de la loi n'en doit pas être affaibli, il serait ridicule d'exprimer avec trop de simplicité ce qui, dans l'original, est rendu avec noblesse ou énergie (4).

On apperçoit à présent combien il est difficile de

---

(4) On pourra en juger par l'exemple suivant :

L'empereur Justinien, après avoir décidé (Instituts, livre 1.er, titre 25.e) qu'un homme qui a cinq enfans peut s'excuser d'accepter une tutelle, observe qu'il faut que ces enfans soient tous vivans. Il se demande, à cette occasion, si ceux qui sont morts à la guerre doivent être comptés, et il résout ainsi la question :

Si in bello amissi sunt, quæsitum est an prosint ? et constat

faire une bonne traduction des Lois Romaines. Pour ne parler que de l'exactitude, combien d'écueils ne s'offrent pas au traducteur ! Citons en plusieurs, et afin de les mieux signaler, disons un mot de la composition du corps du Droit Romain.

La première partie de cette collection est le Digeste, ou un recueil d'extraits d'ouvrages des jurisconsultes romains. Ceux dont on y a rapporté les décisions, ont vécu dans les quatre premiers siècles de notre ère, c'est-à-dire dans un intervalle de tems où la jurisprudence et la langue romaine éprouvèrent des révolutions importantes ; où la première fut modifiée, en beaucoup de points, par les divisions des

---

eos solos prodesse, qui in acie amittuntur : hi enim qui pro republica ceciderunt, in perpetuum per gloriam vivere intelliguntur.

Traduction de Ferrière. On a demandé si on doit compter les enfans morts à l'armée ? Il est certain qu'on doit compter seulement ceux qui sont morts dans les combats : comme ils ont donné leur vie pour la république, ils sont censés vivre toujours par la gloire qu'ils se sont acquise.

Traduction d'Hulot. Mais on a demandé si ceux qui étaient morts à la guerre ne devaient point servir d'excuse ? On a décidé qu'ils en serviraient, pourvu qu'ils fussent morts en combattant ; car ceux qui sont morts en combattant pour l'État, acquièrent une gloire qui les immortalise.

Il suffit de jeter un coup-d'œil sur ces deux traductions (d'ailleurs exactes), pour appercevoir combien le style en est faible, en comparaison de celui de l'original.

jurisconsultes et par les constitutions des empereurs ; où la seconde fut altérée, soit par les invasions, soit par les changemens d'empereurs, soit par la translation du siége de l'empire à Constantinople, soit par diverses causes qui sont du ressort de l'histoire.

Le style des plus anciens jurisconsultes, de ceux qui se rapprochent des siècles d'Auguste et de Tacite, est bien différent du style des jurisconsultes plus modernes. La précision, la clarté, la correction, souvent l'élégance, distinguent les premiers ; tandis que les autres offrent non moins souvent de la diffusion, de l'incorrection, de l'obscurité, de l'impropriété dans les termes ou les tournures. Il serait facile de le prouver, en rapportant et comparant plusieurs passages des uns et des autres ; mais cela nous mènerait trop loin. Nous nous bornerons à citer le sentiment de deux écrivains dont le témoignage fait autorité dans cette matière.

Gravina, en parlant des Instituts dont les préceptes ont été tirés en grande partie des mêmes ouvrages qu'on a extraits dans le Digeste, s'exprime ainsi : *Quibus libris vix aliquid superfuit elegantius, aut selectius, si quis contextu veterum, mixturam discusserit recentioris ætatis* (5).

Jacques Godefroi, à l'occasion d'un jurisconsulte

---

(5) Gravina, *Origines Juris, cap.* 135.

des derniers siècles, s'énonce avec encore plus
d'énergie : *Stylus intricatus, horridus et barbarus
Hermogeniani, longè à veterorum stylo recedens,
facit judicium de sæculo ejus* (6).

Heureusement, et telle est la cause de la supé-
riorité de rédaction du Digeste sur toutes les collec-
tions de lois connues, il n'y a qu'environ la 70.me
partie (7) de ses décisions qui appartienne à des
jurisconsultes de siècles postérieurs au règne des
Gordiens, c'est-à-dire, de siècles pendant lesquels
la littérature et la jurisprudence romaine avaient
sensiblement décliné.

Nous ne pouvons en dire autant du Code : la
plupart des fragmens de constitutions impériales,
dont il est composé, sont de ces derniers siècles.
D'après des recherches exactes, nous les avons ainsi
classés (8) : Deux dixièmes de ces fragmens sont
tirés de constitutions antérieures aux Gordiens ; un
dixième appartient à leurs successeurs jusqu'à Dioclétien ; trois dixièmes sont de Dioclétien ou de
ses successeurs jusqu'à Valentinien ; trois dixièmes
enfin, de Valentinien ou de ses successeurs jusqu'à
Justinien.

Si l'on ouvre un titre un peu considérable du Code,

----

(6) Godefroi, Proleg. *in C. Theod.*, cap. 1, n.° 1.
(7) Voyez notre Cours de Législat., tom. 1.er, liv. prélim.
(8) Voyez le même Cours de Législat.

comme les lois y sont rangées par ordre chrono-
logique, on s'apperçoit, au premier coup-d'œil, de
la différence extrême que les siècles ont apportée
dans le style de ces lois. Les premières (c'est le
plus petit nombre) ont le mérite de celles du Digeste,
c'est-à-dire, brillent par la précision, la clarté, la
correction, l'élégance; mais à mesure qu'on approche de la fin du titre, on voit les lois devenir plus
incorrectes, plus obscures, plus difficiles, enfin plus
longues.

C'est encore pis dans les Novelles, qui toutes appartiennent au sixième siècle et ont été rédigées par
des jurisconsultes dont la langue naturelle était le
grec et non pas le latin : les vices que nous avons
signalés y sont portés au dernier période, et sur-tout
la longueur des phrases. Dans le Digeste, ainsi que
dans les lois du Code qui appartiennent aux siècles
anciens, les décisions de deux, trois ou quatre lignes
sont très-communes : dans celles du Code, qui sont
du siècle de Justinien, et dans les Novelles, ouvrage
du même empereur, les phrases d'une centaine de
mots ne le sont pas moins (9).

Mais si le Digeste et les premiers textes du Code
sont, sous ce point de vue, moins difficiles que les
derniers et que les Novelles à traduire avec exactitude

---

(9) Il en est qui ont jusques à 400 mots.

en français, il s'y rencontre un autre écueil qu'on n'a pas à craindre dans celles-ci : les Novelles sont toutes à peu près de la même main, tandis que les lois du Digeste et du Code appartiennent à plus de quatre-vingt-dix auteurs différens, dont chacun a son style, ou du moins dont la manière de rédiger offre quelques nuances (10). Qu'on juge de l'embarras que doit éprouver un traducteur lorsqu'à chaque

(10) Les Éditeurs d'Hulot l'ont eux-mêmes reconnu. Leur opinion, à ce sujet, est énoncée en termes assez singuliers pour un ouvrage de Droit.

« On conçoit, disent-ils (disc. prélim. pag. 27), que chacun » d'eux (des jurisconsultes) a une manière d'écrire et de *conduire* » *ses idées* qui lui est particulière. Africain, solide, ingénieux » et pénétrant, ne procède pas comme Paul, *rude, entrecoupé et* » *profond*. Ulpien, *large*, doux, *même dans ses profondeurs*, où » l'on se perd tranquillement et sans s'en appercevoir, n'est pas » comme Triphoninus, plus *continu*, et par là même plus clair » et égarant moins dans des labyrinthes; ni comme Julien, *égal*, » *suivi* et clair, *fort* et élevé, réunissant enfin tous les mérites. » Aucun d'eux, si ce n'est Julien, n'approche de la manière de » Papinien, toujours *ferme*, continu, s'élevant au milieu *de la* » *lumière par une montée rapide*, dont le sommet peut à peine » être atteint par les yeux. »

Si quelqu'un, doué d'une perspicacité qui nous manque, peut comprendre tout ce que les Éditeurs viennent de dire des jurisconsultes qu'ils nomment, nous l'inviterons à comparer leur opinion avec celles de quelques auteurs qui ont traité de l'histoire du Droit, et entre autres de Pothier (Pandect. prolegom., part. 2, cap. 1,), et de Gravina (*Origines Juris*); peut-être se demandera-t-on alors sur quoi ils ont fondé cette même opinion.

instant, car toutes les lois sont mêlées, il est obligé de changer de méthode pour découvrir le sens qu'il cherche, et pour le rendre avec exactitude, en se rapprochant autant qu'il est possible des tournures de l'original (11)!

Il est d'autres écueils non moins difficiles à éviter. Travaillant pour les Romains, les jurisconsultes dont on a extrait les lois du Digeste, ou les auteurs des constitutions impériales, n'ont point eu besoin d'y expliquer les usages de ce peuple; on les connaissait. Un nombre prodigieux de ces décisions est relatif à ces usages, ou ne peut s'entendre qu'en les expliquant par ces usages. Beaucoup d'autres concernent des fonctions publiques propres à l'empire Romain ; d'autres se réfèrent à un système ancien de lois, modifié depuis, et souvent par les lois mêmes du corps du Droit. Presque toutes offrent des idiotismes, des inversions, des abréviations, des sous-entendus, sans doute très-intelligibles pour les Romains, mais fort obscurs pour nous. Dans presque toutes on trouve des termes techniques non-seulement de droit, mais de sciences, mais d'arts, mais de coutumes. Dans

---

(11) « Un traducteur, dit l'abbé d'Olivet (Hist. de l'Académie), » doit être un Prothée qui n'ait point de forme immuable, et qui » sache prendre tous les caractères de ses originaux ; mais pour » cela, outre la souplesse du génie, il faut de la patience, vertu » qui manque plus que le génie aux Français, et qui manque » sur-tout aux traducteurs. »

la plupart, il y a aussi des mots qui ont des acceptions différentes et multipliées , suivant qu'ils se
rapportent à telle ou telle matière (12), etc. Il n'est
pas jusques aux noms des auteurs qui n'aient des
difficultés : ils sont indiqués tels qu'ils étaient usités
parmi les Romains , et leur usage diffère très-souvent
du nôtre sous ce point de vue. Enfin, les manuscrits
des lois ne sont pas plus uniformes que ceux des
ouvrages de littérature : il y a une foule de variantes,
toutes nécessaires à compulser et comparer.

D'après ces considérations , nous pensons que pour
traduire d'une manière au moins supportable les Lois
Romaines , il faut être versé profondément dans la
connaissance du Droit, dans celle de l'Histoire, des
Antiquités et de la Langue du Droit ; qu'il faut avoir
étudié les manuscrits ou au moins les premières
et les meilleures éditions , examiné les recherches
faites par les bons auteurs sur tous les passages du
corps du Droit qui offrent des difficultés ; et tout cela
indépendamment des autres qualités que doit avoir
toute espèce de traducteur , au moins pour rendre
avec exactitude et clarté.

Ce n'est pas que le traducteur soit obligé de
prendre un parti sur les opinions différentes des

---

(12). Le savant Traité de Brisson (*de Verborum quæ ad jus
pertinent Significatione*) a plus de mille pages in-folio.

auteurs relativement au sens de tel ou tel passage, et sur les mots à substituer ou corriger ; mais au moins, lorsque des jurisconsultes d'un grand nom, tels que les Cujas , les Godefroi, les Gravina, les Heineccius, auront proposé une correction, ou une substitution de mots importans, ou une interprétation de passages décisifs, il sera nécessaire d'indiquer leur avis dans des notes. Il en sera de même des variantes qu'offriront les manuscrits les plus estimés.

Est-ce ainsi qu'ont opéré les traducteurs des Lois Romaines? Jetons sur leurs ouvrages un coup-d'œil, mais un coup-d'œil rapide, car assurément ils ne méritent pas un examen sérieux, et nous saurons bientôt à quoi nous en tenir.

Avant le docteur Hulot , on avait publié trois traductions des Instituts. Les deux premières, faites dans le 17.ᵉ siècle par Duteil et Claude de Ferrière, sont à peu près oubliées. La troisième, publiée au commencement du 18.ᵉ par Claude-Joseph de Ferrière fils, est au contraire fort répandue; mais ce n'est presque qu'une nouvelle édition de celle de son père, à laquelle il a fait beaucoup de corrections sans la rendre meilleure. Les avis sont si uniformes sur ce point, que nous jugeons inutile de nous en occuper séparément ; nous en parlerons en même tems que de celle du docteur Hulot.

Nous passerons d'abord aux deux traductions du Digeste ; mais notre tâche, relativement à l'une de ces traductions, celle de M. Gougis du Favril, ne sera pas longue à remplir. L'auteur anonyme d'une lettre insérée dans la Revue Philosophique du 1.ᵉʳ juin 1806 (p. 436), a assez bien prouvé que l'ouvrage de Gougis ne valait rien. Les passages qu'il en a cités sont en effet trop mal traduits pour qu'on puisse supposer que ceux qu'il ne cite point le soient avec exactitude ou correction. Celui que nous allons rapporter en donnera une idée.

Imperator, lit-on dans la loi 8.ᵉ, liv. 1.ᵉʳ, tit. 5 (*de Statu Hominum*), *imperator Titus Antoninus rescripsit non lædi statum liberorum ob tenorem instrumenti malè concepti.* « L'empereur Antonin a décidé que l'état des enfans ne pouvait souffrir de la rédaction vicieuse des actes relatifs à cet état. » Remarquons qu'*instrumentum*, en droit, signifie souvent *preuve;* que dans cette loi il est évidemment pris dans ce sens (v. Brisson, *de Verbor. Significat.*), et que, d'après la tournure de la phrase, on y indique une preuve écrite, ou ce que nous nommons *un acte*. Point du tout, M. Gougis traduit ainsi : *L'empereur Titus Antonin a répondu que l'état des enfans n'était pas blessé à cause de la suite d'un outil mal fait;* et il ajoute cette explication que le texte ne donne pas, c'est-à-dire, *que les vicissitudes humaines dont une mère serait victime ne peuvent préjudicier à l'enfant.*

En lisant de telles absurdités, on est autorisé à affirmer avec l'auteur de la lettre, que la traduction de Gougis est mauvaise ; mais il ne s'ensuit nullement de là, ainsi qu'il le prétend, que celle d'Hulot soit bonne. Ce serait raisonner tout aussi conséquemment que de dire : la traduction de Virgile par Martignac est détestable; donc celle de Marolle est excellente.

Il est vrai qu'Hulot a mieux traduit que Gougis le passage précédent et deux autres que rapporte l'Anonyme : mais dans un ouvrage tel que le Digeste, composé de 150 mille décisions, il ne suffit point d'en citer trois qui soient traduites passablement, pour affirmer que toutes les autres le sont bien ; sur-tout en observant qu'il est très-facile de choisir ces trois décisions, et qu'il y en a beaucoup dans le Digeste qui sont trop aisées à traduire pour qu'on puisse se tromper, ne fût-on qu'aux premiers élémens de la langue latine.

En vain l'Anonyme nous assure que, quoiqu'il ne soit encore qu'un pauvre clerc de procureur, il a le bonheur de connaître déjà le Droit Romain : comme des jurisconsultes célèbres avouaient, après cinquante ans d'études, qu'ils n'étaient pas aussi avancés, nous oserons nous permettre d'avoir une opinion différente de la sienne. Nous ne croirons pas même, pour nous y affermir, avoir besoin de lire tout l'ouvrage d'Hulot : nous nous bornerons aux premiers titres ; et les premiers titres du Digeste étant sans contredit les plus faciles à rendre dans notre langue, nous serons autorisés à apprécier, par leur traduction, celle de tous les autres (13).

Or, après avoir examiné avec soin ces premiers titres (14), sur dix lois, nous en avons trouvé à peine une ou deux bien traduites. Toutes les autres le sont, ou médiocrement, ou fort mal : il y a des fautes continuelles de sens ou de style : on s'apperçoit à chaque instant que le Traducteur ne connaît ni les tournures ni les termes propres à la langue du Droit : il se permet souvent d'ajouter ou de retrancher au texte, etc. Citons, à notre tour, quelques passages.

Dans la loi 1.re, livre 1.er, titre 1.er (de la Justice et du Droit), par ces mots *publicum jus in sacris, in sacerdotibus, in magistratibus consistit*, Ulpien veut dire que les règles des affaires religieuses, des prérogatives des pontifes et de celles des magistrats font partie du Droit public. Le docteur Hulot, n'ayant

---

(13) Nous y serons d'autant mieux autorisés, qu'en examinant au hasard plusieurs lois dans la plupart des livres du Digeste, nous avons été encore moins satisfaits de leur traduction que de celle des lois des premiers titres. Nous en rapporterons beaucoup d'exemples.

(14) Nous avons examiné en entier les titres 1, 3, 4, 5, 6, 7, 8, 9 et 10 du livre 1.er; les titres 1 et 13 du livre second, et le titre 1.er du livre 4.e; le commencement du titre 2.e du liv. 1.er; la moitié du titre 14.e du livre 2.e, et les 10 premières lois du titre 2.e du livre 4.^e

point remarqué qu'il y a ici un de ces sous-enten
si communs dans les lois romaines, traduit air
« le Droit public consiste dans les choses sacré
» les ministres de la religion, les magistrats
comme si le Droit, qui est une réunion de règl
pouvait consister dans des personnes ! On dirait a
tout autant de justesse : *le Code Napoléon cons
dans les juges de paix.*

Dans la loi 11.ᵉ du même titre, on indique
acceptions diverses du mot Droit : *Jus pluribus mc
dicitur.* Le docteur traduit : « le terme de Justic
» plusieurs significations. » Il devait pourtant sa
que *jus* ne signifie pas *justice,* et que la justice e
droit ne sont pas la même chose.

Les lois 26.ᵉ et 27.ᵉ du titre 3.ᵉ (15) décident qu
interprète les lois anciennes par les lois nouvell
*Non est novum, ut priores leges ad posteriores t
hantur. Ideò quia antiquiores leges ad pric
trahi usitatum est,* etc. Hulot dit absolument tou
contraire : « Il n'est point nouveau d'interpréter
» lois nouvelles par les lois anciennes. Ainsi, com
» il est d'usage d'interpréter les lois nouvelles
» les lois anciennes, etc. »

---

(15) On verra ci-après des fautes commises dans la traduc
d'une loi du titre 2.ᵉ (nous n'en avons examiné que les 1.ᵉʳˢ
car nous n'avons parcouru aucun titre sans y trouver plusi
erreurs grossières.

La loi suivante (loi 28) ajoute qu'on interprète aussi les lois nouvelles par les anciennes : *Sed et posteriores leges ad priores leges pertinent.* Cette inversion seule eût dû faire appercevoir au Traducteur combien il s'était trompé sur le sens des deux premières, quand il n'aurait pas eu pour ressource l'explication qu'en a donnée Cujas (16), ou seulement l'extrait que Pothier a donné de cette explication (17); car il est évident que la différence des constructions produit un sens différent. Il a pris un autre parti; c'est d'enchérir sur ces deux fautes, dans la traduction de la loi 28.ᵉ... « Mais les lois nouvelles, lui » fait-il dire, appartiennent aux anciennes; » ce qui n'a aucun sens dans notre langue. Il pouvait voir, soit dans Pothier (18), soit dans Domat (19), que ce mot *pertinere* signifie ici *interpréter.*

La loi 35.ᵉ (même titre) enseigne qu'une longue coutume n'a pas moins de force que la loi civile. La loi 36.ᵉ, qui est d'un autre jurisconsulte, ajoute : *Imò magnæ auctoritatis hoc jus habetur; quod in tantum probatum est, ut non fuerit necesse scripto id comprehendere;* c'est-à-dire, suivant Hulot : « On

---

(16) Cujas, liv. 4, des Quest. de Paul, l. 26 et 27 de ce tit.

(17) Pandectes, mêmes lois.

(18) Au même lieu, dónt le sommaire est ainsi conçu : *Lex ex alterá lege interpretationem recipit.*

(19) Livre préliminaire, titre 1.ᵉʳ, sect. 2, n.º 18.

198

» doit même accorder une plus grande autorité à un
» droit si unanimement approuvé, qu'il n'a point été
» nécessaire de le rédiger par écrit. » En prenant sa
décision à la lettre, il faut accorder *plus* d'autorité
à la coutume qu'à la loi. Outre qu'il n'y a rien dans
le texte qui signifie le *plus* qu'il ajoute, le simple
bon sens suffisait pour lui faire appercevoir que
cette addition rendait la règle contraire à tous les
principes du Droit.

La loi 4.ᵉ du titre 4.ᵉ (*de Constitutionibus*) décide
que de deux lois, il faut, par préférence, suivre la
plus récente : *Constitutiones tempore posteriores,
potiores sunt his quæ ipsas precesserunt.* Le docteur
n'appercevant pas non plus qu'il y a ici un sous-
entendu, se contente de dire en général : « les cons-
» titutions postérieurement établies *dérogent aux*
» *précédentes;* » comme s'il n'arrivait pas fréquem-
ment que les constitutions nouvelles ne dérogent
point, ou ne dérogent qu'en partie aux constitutions
rendues antérieurement sur les mêmes matières!...

Nous avons fait observer qu'il règne le plus grand
désordre dans la distribution des lois du Digeste.
Souvent une loi est placée après une autre avec
laquelle elle n'a qu'un rapport indirect, ou même
aucun rapport. Si quelqu'un devait s'en appercevoir,
c'était assurément un Traducteur. Il semble pourtant,
par l'exemple suivant, qu'Hulot ne s'en soit pas douté.

La loi 13.ᵉ du titre 5.ᵉ (*de Statu Hominum*) dit

qu'un esclave accusé d'un crime capital ne devient pas libre, *non fit liber*, par son absolution, quoique son maître l'eût abandonné auparavant.

La loi suivante commence ainsi : *Non sunt LIBERI qui contra formam humani generis converso more procreantur ; veluti si mulier monstrosum aliquid, aut prodigiosum enixa sit. Partus autem, qui membrorum humanorum officia ampliavit, aliquatenùs videtur effectus ; et ideò inter LIBEROS connumerabitur.*

Hulot s'est imaginé que *liberi* avait ici la même signification que dans la loi 13.ᵉ, et en conséquence il traduit : « On ne regarde point comme libres ceux » qui sont nés contre la forme naturelle ; par exemple, » si une femme accouche d'un monstre : mais un » enfant dont la nature a multiplié les membres n'en » est pas pour cela (20) moins conformé (21), et on » le met au rang des hommes libres. »

Avec un peu de réflexion, Hulot eût soupçonné que le mot *liberi* de cette loi ne pouvait signifier *libres*. La loi, en effet, ne rangeant pas les monstres même au nombre des hommes, n'avait nul besoin

---

(20) Il omet ici de traduire *aliquatenùs*.

(21) *Naître contre la forme naturelle. . . . . n'en être pas pour cela moins conformé. . . . .* voilà apparemment ce qu'on nomme *un beau style !* — On peut regarder aussi comme du beau style ces expressions : *afficher sur du papier* (v. ci-après), *bâtir sur la mer.* — Voy. la traduction de la loi 10 du tit. 8.

de décider qu'ils étaient ou n'étaient pas libres. Il eût alors cherché à s'éclairer, et il eût vu, soit dans Cujas (22), soit dans Pothier qui l'analyse (23), que le mot *liberi* signifie ici *enfans* : il eût découvert que la loi n'était ni absurde, ni du moins inutile, comme dans le sens qu'il lui prête (24).

Pour bien caractériser les fils de famille, la loi 4.e du tit. 6.e (*de his qui sui vel alieni juris*) emploie ces termes : *Qui ex me ET UXORE MEA nascitur, in meâ potestate est : item qui ex filio meo ET UXORE EJUS nascitur*, etc. Le Traducteur qui, ainsi que nous

----

(22) Cujas, sur les sentences de Paul, liv. 4, tit. 9.

(23) Pandectes, *ad senatus-consultum Tertyllianum*, n.º 5.

Nous remarquerons, à cette occasion, que la plupart des notes de cet ouvrage célèbre sont extraites de Cujas. On ne pouvait puiser à une meilleure source. On doit seulement regretter que Pothier n'ait pas toujours indiqué cette source, et que lorsqu'il l'a indiquée, il n'ait pas non plus toujours cité avec précision les passages de Cujas dont il faisait usage.

(24) Suivant la loi des 12 Tables, la mère ne succédait pas à son fils. Le sénatus-consulte Tertullien accorda cette faculté aux mères qui jouissaient de ce qu'on nomma *jus liberorum*, c'est-à-dire, qui auraient mis au jour un certain nombre d'enfans (trois, si elles étaient ingénues) parfaits et vivans. Il importait donc de décider si l'on compterait dans ce nombre les monstres, ainsi que ceux qui avaient quelques membres de plus que les autres hommes (un doigt de plus, par exemple), et c'est ce que la loi 14 a fait. — Voyez Pothier, sur le même titre, section 1.re

l'avons observé, se permet souvent des omissions, s'est borné à ces termes : « le fils est sous la puis-» sance de son père, le petit-fils et la petite-fille » sont sous la puissance de leur aïeul paternel; » tandis qu'il fallait nécessairement, le fils né de *mon épouse et de moi*, l'enfant né de *mon fils et de son épouse* : autrement, et d'après la version d'Hulot, il faudrait décider que les fils et petits-fils illégitimes sont sous la puissance de leurs ascendans, quoique cette puissance ne concerne que les enfans légitimes.

La loi 5.ᵉ du titre 7.ᵉ est conçue en ces termes : *In adoptionibus eorum dumtaxat qui suæ potestatis sunt, voluntas exploratur : sin autem à patre dantur in adoptionem, in his utriusque arbitrium spectandum est, VEL CONSENTIENDO, vel non contradicendo.* D'après ce texte, il suffit pour une adoption d'un père de famille, ou pour une adrogation, du consentement de l'adopté; la raison en est claire : l'adopté, père de famille, ne dépend de personne. Au contraire, pour les adoptions proprement dites, ou des fils de famille, il faut que la volonté de l'adopté et celle de son père de famille concourent à l'adoption ; et cette volonté résulte, ou du consentement qu'ils donnent expressément, ou du silence qu'ils gardent lors de l'adoption. Le docteur Hulot a entièrement dénaturé ce texte ; on en jugera à la simple lecture de sa traduction : « On ne fait attention à la » volonté des parties que dans l'adrogation : dans

» l'adoption, le consentement n'est pas nécessaire,
» il suffit qu'il n'y ait point de contradiction. »

Les choses ou biens sont de droit divin ou de droit humain, suivant la loi 1.re du titre 8.e Les choses de droit divin sont les choses sacrées et religieuses, et on leur assimile les choses saintes. On comprend parmi les choses saintes les murs et les portes des villes. A l'aide de cette explication (25), il n'y a aucune incertitude sur ce que le Droit nomme des *choses saintes.* C'était donc une expression technique à conserver. Point du tout, Hulot juge à propos de la traduire par ces mots : *les choses auxquelles on doit du respect* (voyez la loi 1.re et la loi 6.e, § 2); ce qui n'a aucun sens dans la langue latine du Droit, et n'en offre qu'un très-vague dans la langue française. Il fait plus, il abandonne bientôt cette dénomination (voyez loi 8.e) pour celle de la loi romaine; de sorte qu'il établit réellement une 4.e classe de choses, dont il n'est point question dans les textes originaux.

Quoique les sénateurs, dit la loi 11.e du titre 9.e, soient censés avoir leur domicile à Rome, on les regarde aussi comme conservant un domicile dans leur pays originaire : *Senatores licet in urbe domicilium habere videantur, tamen et ibi undè oriundi sunt, domicilium habere intelliguntur.* Hulot ne

---

(25) Cette explication est d'ailleurs répétée dans la loi 8.e du même titre, et dans les Instituts, livre 2.e, titre 1.er, § 10.

rend point la même idée par sa traduction : « Les
» sénateurs sont toujours censés demeurer à Rome,
» ce qui n'empêche pas qu'ils n'aient aussi un domi-
» cile dans leur patrie. » Il a oublié que *demeurer*
signifie *avoir une résidence*, et non pas *avoir un
domicile*.

Sa traduction de la loi 1.re du titre 10 est encore
plus étrange : *Officium consulis est, consilium præ-
bere manumittere volentibus.* Hulot dit en général :
« les fonctions du consul consistent à nommer des
» juges à ceux qui veulent affranchir ; » comme si
le consul n'eût pas eu d'autres fonctions ! Eh ! quant
à l'ordre judiciaire seulement, Hulot avait dû voir
dans le Digeste, que les consuls pouvaient connaître
d'autres matières, comme des ingénuités, des affran-
chissemens et des alimens. — Voyez les lois 14.e, *de
Probationibus,* et 5.e, *de Agnoscendis et Alendis,* qui
sont tirées de traités relatifs aux fonctions du consul ;
et Pothier, dans ses Pandectes, sur la loi 1.re

La loi 7.e, livre 2.e, tit. 1.er (*de Jurisdictione*), est
ainsi conçue : *Si quis id, quod jurisdictionis per-
petuæ causá, non quod, prout res incidit, in albo,
vel in chartá, vel in aliá materiá propositum erit,
dolo malo corruperit ; datur in eum quingentorum
aureorum judicium, quod populare est.* —Traduction
du docteur Hulot : « Si quelqu'un efface ou déchire
» ce que le magistrat a fait afficher publiquement
» sur une planche, sur du papier ou sur toute autre

» matière, relativement à l'administration générale
» de la justice, et non pas dans une affaire particu-
» lière, il doit être condamné en une amende de 5o
» piéces d'or, et tout le monde est admis en pareil
» cas à accuser. »

Il y a bien des fautes dans cette traduction.

1.° Le mot *planche* ne rend point le mot *album*, qui signifiait une tablette blanchie sur laquelle le préteur faisait écrire ses édits. — Voyez Brisson, *de Verbor. Significat.*

2.° *Afficher* SUR *du papier*, est une tournure vraiment curieuse.

3.° L'expression *relativement à l'administration générale de la justice* ne rend pas non plus les mots *jurisdictionis perpetuæ causâ*, qui indiquent les édits où le préteur annonçait d'après quelles règles il jugerait pendant toute la durée de ses fonctions. — V. les histoires du Droit, et Pothier, Pandectes, même loi.

4.° Hulot a omis de traduire les mots *dolo malo* (par dol, dans une mauvaise intention), qui étaient néanmoins essentiels, puisque le § 4 de la même loi annonce qu'on ne punit pas ceux qui ont altéré les ordonnances du magistrat, par ignorance, impéritie, etc.

5.° *Quingentorum* signifie cinq cents, et non pas *cinquante*. Il est vrai que quelques auteurs lisent *quinquaginta;* mais alors il fallait mettre le dernier mot dans le texte, et annoncer en note sur quoi l'on fondait cette correction.

Jusqu'à présent nous n'avons parcouru que des titres dont la traduction est en général facile, et nous avons néanmoins rapporté de chacun d'eux des versions fautives, sans parler de celles que nous avons omises et qui sont en bien plus grand nombre (26). C'est bien pis si nous passons à des titres plus difficiles, et il semble qu'à mesure qu'on avance dans la lecture du Digeste, les difficultés augmentent. Le premier qui se présente à nous, est le titre 14.ᵉ du livre second, ou le titre *de Pactis*. Nous n'en avons examiné que la moitié, et notre patience a été lassée. Aux vices généraux dont est infectée la traduction des lois précédentes, se joint une obscurité et une diffusion qui rend celle des lois de ce même titre la plupart du tems inintelligible.

---

(26) Nous pourrions citer entre autres, au livre 1.ᵉʳ, titre 1.ᵉʳ, les lois 6, 7, 9, 11; — titre 3.ᵉ, lois 1, 9, 13, 14, 16, 25, 34, 41; — titre 4.ᵉ, loi 1.ʳᵉ, § 1; — titre 5.ᵉ, lois 2, 4 (§ 2), 5 (§ 3), 12, 18, 23; — titre 6.ᵉ, lois 1, 5, 7, 8, in f.; — titre 7.ᵉ, lois 7, 15 (in p. et § 3), 17 (§ 1 et 3), 19, 20, 22 (§ 1), 23, 28, 35, 36, 41, 43; — titre 8.ᵉ, lois 6 (§ 3), 9 (§ 1), 10; — titre 9.ᵉ, lois 5, 6, 7 (§ 2), 8, 10, 12, § 1. = Livre 2.ᵉ, titre 1.ᵉʳ, lois 4, 9, 15; — titre 13.ᵉ, lois 1 (§ 1, 2 et 4), 6 (§ 5), 8 (§ 1), 10 (§ 2), 12; — titre 14.ᵉ, lois 1 (§ 3), 2, 7 (§ 1, 2, 4, 8, 9, 10, 12, 15, 16, 18), 8, 9, 10 (§ 1), 13, 15, 17 (§ 3 et 5), 21 (§ 4 et 5), 22, 25 (§ 2), 26, 27 (§ 1, 2, 4, 6 et 9), 28 (§ 2), 30 (§ 2). = Livre 4.ᵉ, titre 1.ᵉʳ, lois 1, 3, 5 et 6; — titre 2.ᵉ, lois 1, 6, 7 et 9, § 2, 4, 5 et 6.

C'est souvent un véritable galimathias. On peut voir entre autres les lois 7, 10, 21, 27, etc. Il est vrai que les textes de ce titre sont maintes fois très-longs, et qu'on y traite de questions qui ne nous sont pas très-familières : mais c'était un motif pour le Traducteur d'y mettre plus de soin, de s'aider sur-tout des recherches des auteurs qui ont discuté et démêlé la véritable nature des conventions en général, des pactes de divers genres, des contrats nommés ou sans nom, des stipulations, etc. Loin de là, il confond à chaque instant ces diverses choses, ainsi que les actions (27) ou exceptions qui en résultent. Il faudrait trop de tems pour développer tout cela : nous nous bornerons à citer quelques-unes des fautes dont l'examen exige le moins de détails.

Loi 7.ᵉ, § 5.ᵉ, à la fin : *Sed ex parte rei locum habebit pactum, quia solent et ea pacta, quæ posteà interponuntur, parere exceptiones.* — Traduction d'Hulot : « Cependant le pacte aura *en partie* son » effet, parce que les pactes ajoutés par la suite à un

---

(27) Il désigne, par exemple (voyez entre autres, loi 17, livre 9, titre 2.), les actions *in factum* et *præscriptis verbis*, par ces termes, actions *expositives du fait, expositives de la convention*, ce qui n'en donne aucune idée. Il fallait tout simplement répéter les mots latins, qui ne sont guère susceptibles de traduction, et donner en note une explication de la nature de ces actions propres aux Romains. — Voy. à ce sujet B..s.o.1, *de Verborum Significatione.*

» contrat, donnent des exceptions. » Il fallait : le pacte aura effet en faveur de l'obligé, parce que, etc.; ou littéralement, du côté de l'obligé, de la part de l'obligé. *Habebit locum ex parte rei (reus, rei)* ne peut signifier *en partie.* — Voyez d'ailleurs Pothier, sur cette loi, et sur-tout Julius Pacius, commentaire *de Pactis.*

§ 6 de la même loi. . . *Cùm duo hæredes emptori extiterunt, venditor cum altero pactus est, ut ab emptione recederetur,* etc. — Traduction d'Hulot : « Mais supposons que le vendeur soit mort en lais- » sant deux héritiers, et que l'acheteur soit convenu » avec l'un d'eux qu'on résoudrait la vente, etc. » Lisez tout le contraire : c'est l'acheteur qui est mort, et le vendeur qui a convenu, etc.

Loi 17.e, § 6 : *Cùm possessor alienæ hæreditatis pactus est; hæredi si evicerit, neque nocere, neque prodesse putant.* — Traduction d'Hulot : « Si celui » qui possède une succession qui ne lui appartient » pas, a fait quelque convention avec le véritable » héritier ; lorsque ce dernier vient à l'évincer et à » se faire adjuger la succession, la convention est » de nul effet. »

Il y a ici deux fautes capitales.

1.º La loi ne dit point que la convention (il fallait le *pacte*) a été faite avec l'héritier, mais en général que le possesseur a fait une convention. Les auteurs donnent pour exemple une convention faite avec les créanciers ou les débiteurs héréditaires (voyez Julius Pacius). Il serait absurde en effet que la convention passée avec l'héritier fût inutile.

2.º Elle ne prononce pas non plus que la convention *est de nul effet*, mais seulement qu'elle ne servira ni ne nuira point à l'héritier; car elle doit être valable entre le possesseur et les autres personnes qui l'ont passée avec lui.

C'en serait bien assez, je pense, pour faire apprécier sous le seul point de vue de l'exactitude cette traduction si vantée, cette traduction qui devait porter un coup mortel aux Universités (28); cet ouvrage d'un homme dont ses Éditeurs font une espèce d'apothéose; qu'ils présentent comme nourri et élevé dans le Droit (disc. prélim. page 12) et la connaissance et l'exercice habituel de la latinité, et l'histoire des Antiquités romaines, etc. etc. Ajoutons d'autres preuves, en examinant si, en effet, il possède ces connaissances historiques que nous avons dit être si essentielles à un traducteur des lois romaines.

Nous avons à peine parcouru un petit nombre de titres, et déjà nous avons trouvé plusieurs fautes grossières commises par ce savant dans l'histoire du Droit.

---

(28) Cette traduction, disent les Éditeurs (page 13), a « ce » degré de justesse, d'exactitude et de précision littérales qui » sont un guide imperturbable, etc. »

A leur propre suffrage ils joignent ceux de Lalanne et de

Au commencement de la loi 7.e du titre 1.er déjà cité, on lit : *Jus autem civile est quod ex legibus, plebiscitis, senatus-consultis, decretis principum, auctoritate* Prudentium *venit;* et au § 5.e de la loi 2.^e

Pothier. Lalaure dit que la traduction d'Hulot « est rendue » d'une manière très-exacte, et dans un beau style. » Cela ne nous surprend point de la part de Lalaure qui n'avait pas été plus heureux qu'Hulot, lorsqu'il avait essayé de traduire les Lois Romaines, ainsi que nous le prouverons ci-après.

Quant à Pothier, les Éditeurs racontent « qu'Hulot le respectait » comme son maître et le consultait comme son oracle ; que » Pothier, après avoir lu avec la plus scrupuleuse attention une » grande partie de la traduction, en avait approuvé par écrit » l'exécution. » Nous aurions été curieux de connaître cette approbation. On voit dans notre ouvrage qu'Hulot eût évité la plupart de ses erreurs, s'il eût *consulté* les Pandectes de Pothier. Il est donc permis de suspecter un peu le récit des Éditeurs, sur ce point, jusques à ce qu'ils en aient donné des preuves.

Il est une circonstance qui fortifie sur-tout nos doutes relativement à la confiance d'Hulot en Pothier. Ce savant juris-consulte a quelquefois donné la traduction des passages difficiles du Droit Romain. Si Hulot l'eût en effet regardé comme son oracle, il aurait adopté de confiance cette traduction, et son ouvrage n'y eût rien perdu ; mais c'est précisément ce qu'il n'a point fait. En voici un exemple :

Dans la loi 45.e, livre 42.e, titre 1.er (*de Re judicatâ*), Pothier traduit les mots *acta... circumduci,* par ceux-ci, *mettre à néant tout ce qui s'est fait,* et Hulot par ceux-là, *supprimer les pièces;* ce qui n'est point la même chose. On peut en effet annuler une procédure irrégulière sans supprimer les pièces;

du titre 2.e : *His legibus latis cœpit, ut interpretatio desideraret* Prudentium *auctoritate necessariam esse disputationem fori.*

Hulot, ignorant sans doute que le mot *Prudens* signifie jurisconsulte, traduit ainsi : « Le droit civil

---

d'autant plus que plusieurs de ces piéces peuvent être des titres originaux, et peuvent aussi servir à une nouvelle procédure faite régulièrement.

Au reste, ce sont les éloges donnés à l'ouvrage d'Hulot qui nous ont déterminés à consacrer quelque tems à son examen. Nous avons craint que les élèves n'y ajoutassent trop de confiance, et ne fussent alors détournés de la meilleure voie qu'ils aient à suivre, l'étude des textes originaux.

On se tromperait néanmoins beaucoup si l'on s'imaginait que nous refusons à M. Hulot toute espéce de mérite. Le sien est attesté par des fonctionnaires non moins recommandables par leurs lumières que par leur rang. Mais M. Hulot pouvait être un fort bon jurisconsulte, sur-tout en pays de Droit Coutumier, sans avoir les connaissances, le talent ou la patience qu'exige la traduction des Lois Romaines. Qui est-ce qui nous garantit, d'ailleurs, qu'il eût composé cet ouvrage dans l'intention de le publier, et que par conséquent il y eût donné tous les soins nécessaires ? Nous sommes, au contraire, autorisés à présumer qu'il n'avait pas eu le tems ou la volonté d'en revoir les premiers livres, puisqu'il n'a traduit que quelques fragmens des derniers.

☞ Cet ouvrage était sous presse lorsque nous avons eu occasion de le soumettre à l'un de MM. les Inspecteurs - généraux des Écoles de Droit. Il nous a assuré que Pothier, dont il se fait honneur d'être élève, loin d'approuver la traduction d'Hulot, s'était opposé à sa publication.

» tire son origine des lois. . . . . et de l'autorité des
» PRUDENS. . . . . Les lois ont besoin d'être agitées
» dans le barreau par les PRUDENS. »

En lisant ces deux phrases, où le mot *Prudent*
figure d'une manière si plaisante, vous remarquerez
trois fautes contre l'exactitude ou contre le bon sens.

1.º Le législateur ne dit point avec le Traducteur,
que le droit tire son origine, mais bien qu'il dérive
(*venit*), qu'il est tiré des lois, des édits des préteurs,
etc.

2.º On ne peut comprendre ce que c'est qu'une
loi *agitée* dans le barreau, comme des billets dans
un vase. On discute une loi, on l'interprète, on la
commente, on l'explique; on ne l'agite point, mais
on *agite* une question.

3.º Si l'on admettait qu'on pût agiter une loi, ce
ne serait point dans le barreau, mais dans une
assemblée législative, et il y en avait à Rome (les
Comices).

Le magistrat suprême à Rome, ou le préteur, sié-
geait dans un lieu élevé appelé *Tribunal*, tandis que
les juges de fait siégeaient dans un lieu plus bas,
ou à ses pieds; et c'est pour cela qu'on les nomma
juges *pédanés*. Mais le préteur prononçait aussi sur
divers objets, soit après être descendu de son tribunal, soit en se rendant chez lui, ou en allant au
bain, au théâtre, etc. C'est ce qu'on appelait *cognoscere de plano*, ou prononcer dans un lieu bas,

212.

dans un *lieu de plaine*, si l'on peut s'exprimer ainsi, par opposition aux jugemens rendus dans un lieu élevé, ou sur le tribunal.

Quoique ces renseignemens se trouvent dans la plupart des ouvrages relatifs à l'histoire du Droit, Hulot traduit (29) les mots *cognoscere*, *expedire*, *audire de plano*, par juger, etc. *sommairement*. S'il eût daigné consulter Heineccius, c'est-à-dire un des plus savans auteurs qui se soient occupés de ces sortes de matières, et un auteur qui est entre les mains de tout le monde, il y aurait lu sa condamnation. *Cave*, dit Heineccius (30), *cave tamen existimes : idem Romanis fuisse, de PLANO et SUMMATIM cognoscere;* et il cite aussitôt des autorités et des exemples.

On nomme quelquefois (31) *subscriptio* la décision signée que l'empereur donnait au bas d'un placet qu'on lui présentait. C'est encore ce qu'ignore Hulot, puisqu'il traduit ces termes, *quod imperator per epistolam et subscriptionem statuit* (32), par les suivans : « ce que le prince établit par ses lettres signées de

---

(29) Dans les lois 1.re, titre 4.e, et 9.e, titre 16.e du livre 1.er; et dans la loi 6.e, titre 2.e, livre 48.^e

(30) *Antiquitat. Romanar.*, ad tit. 6 Institut.

(31) Voyez Brisson, *de Verborum Significatione.*

(32) Liv. 1.er, titre 4.e, loi 1.re, § 1.er, où Brisson dit précisément que le mot *subscriptio* a la signification ci-dessus indiquée.

» lui. » Il confond ainsi les suscriptions avec les lettres, et c'étaient néanmoins deux espèces différentes de décisions.

Quoique je n'aie examiné qu'une petite partie de l'ouvrage de cet homme si versé dans l'histoire du Droit, il serait fastidieux d'indiquer toutes les erreurs que j'ai trouvées (33); j'en citerai cependant encore une, parce qu'elle est assez curieuse. Il confond partout les lois portées par les différens Antonins. Antonin-le-Pieux est ordinairement appelé dans les lois, *Divus Pius;* Marc-Aurèle, *Divus Marcus,* ou *Marcus Antoninus;* Caracalla, *Antoninus* tout court,

---

(35) Ainsi, ne sachant point que les sénateurs se divisaient en trois classes, désignées par les noms de *spectabiles, illustres, clarissimi,* il traduit (loi 8.ᵉ, liv. 1.ᵉʳ, tit. 9.ᵉ) *clarissimi* par le mot *nobles* qui, en français, n'offre pas la même idée; et *illustres* (loi 12.ᵉ du même titre), par les mots *les plus distingués,* qui n'y correspondent pas mieux, et sont d'ailleurs très-vagues. — Voyez Cujas, sur le titre 1.ᵉʳ, livre 12.ᵉ du Code.

Ainsi, ne faisant pas attention que depuis l'abolition de la royauté jusques à la rédaction des lois des 12 Tables, il s'était écoulé 60 ans, il a traduit à la lettre les mots *viginti annis* qui se trouvent dans le § 3, loi 2, liv. 1, tit. 2 (*de Origine Juris*). Les plus savans interprètes s'accordent cependant à dire qu'il faut lire *sexaginta;* qu'il y avait sans doute dans les manuscrits *Vigint.,* ce qui signifie 60. — V. Jacq. Godefroi, *Hist. Jur., cap.* 2; Heineccius, *ibid.,* § 15; Bynckershoeck, etc. — Au reste, des manuscrits portaient en effet *lx,* suivant l'édition de Charondas, dont nous parlons ci-après.

214

ou quelquefois *Antoninus Augustus*. Ne frissonnez-vous pas déjà de voir attribuer aux meilleurs de tous les hommes, à un Antonin - le - Pieux, à un Marc-Aurèle, des décisions rendues par des monstres tels que des Caracalla ? C'est cependant ce que fait le docteur. Ainsi la loi 17.e, titre 5.e, et les lois 3.e et 12.e, titre 9.e du livre 1.er, se fondent sur des décisions de Caracalla, et la loi 2.e, titre 6.e, livre 1.er, sur un rescrit d'Antonin - le - Pieux : eh bien ! dans sa traduction, c'est toujours Antonin tout court qu'il nomme. Il est inexcusable dans la traduction de la loi 12.e (34), puisqu'on y cite Julie Mammée comme cousine germaine d'Antonin Auguste : or, il devait savoir que cela ne se pouvait rapporter qu'au seul Caracalla (35), et non pas à Antonin-le-Pieux, mort 50 ans auparavant (36).

Après avoir mis le public à portée d'apprécier la

(34) Voici le texte : *Nuptæ priùs consulari viro, impetrare solent à principe (quamvis perrarò) ut nuptæ iterùm minoris dignitatis viro, nihilominùs in consulari maneant dignitate : ut scio Antoninum Augustum Juliæ Mammeæ consobrinæ suæ indulsisse.*

(35) On trouve dans l'Hist. du Droit, d'Heineccius, sa généalogie.

(36) Il est également inexcusable d'avoir ignoré que la loi 17.e, titre 5.e, soit de Caracalla, puisqu'elle rapporte l'édit par lequel ce prince avait donné le droit de cité à tous les habitans de l'empire. — V. les notes de Pothier sur cette loi.

traduction d'Hulot quant à l'exactitude de la version,
et à celle des notions historiques, voyons si elle est
plus recommandable quant à la pureté du texte qu'il
a essayé de faire passer dans notre langue. Ce serait
bien vainement qu'un traducteur de lois aurait de
la fidélité, de la correction et même de l'élégance,
si les décisions qu'il reproduit n'étaient point celles
des législateurs. Pour les reconnaître avec certitude,
nous l'avons dit, il faut qu'il ait étudié les variantes
des manuscrits et des bonnes éditions , et examiné
les corrections que les interprètes les plus savans ont
proposées.

Quant aux variantes, Hulot a cru sans doute pouvoir les négliger, par cela seul qu'il a traduit sur une
édition des Florentines (37). En cela il a commis
une très-grande erreur; car quoique les Florentines

---

(37) Les Éditeurs prétendent que leur impression du texte
offre un avantage précieux, celui d'une édition correcte : ils ont
pris pour modèle les Pandectes Florentines , qu'ils ont soigneu-
sement conférées avec les meilleures éditions. . . . . que la leur
égalera (à ce qu'ils espèrent), si elle ne les surpasse, en perfec-
tion typographique. . . . . Entre autres fautes que nous avons
apperçues dans cette édition dont ils ont conçu une si haute
espérance, nous remarquerons celle-ci, parce qu'elle est capi-
tale. Taurellus , éditeur des Florentines , a eu soin d'indiquer
par cinq signes de diverses formes , les mots , 1. omis dans le
manuscrit, 2. ajoutés , 3. suspects d'altérations, 4. superflus,
5. formant double leçon. Au lieu de tous ces signes, les

soient le meilleur des manuscrits du Digeste, elles n'ont pas été à l'abri des injures du tems et des fautes dans lesquelles l'inadvertance ou le défaut d'instruction ont toujours entraîné les copistes, même les plus habiles. Les fautes y sont en assez grand nombre. Nous avons examiné plusieurs des passages où elles se rencontrent, et nous n'en avons pas trouvé un seul où Hulot ne les ait adoptées, quoique souvent le sens ou les principes du Droit que, suivant ses Éditeurs, il possédait si bien, eussent dû les lui faire appercevoir.

Citons encore des exemples.

Lorsqu'un légataire accepte son legs, ce qu'on nomme dans le Droit romain *agnoscere legatum*, sa propriété dans l'objet du legs est censée remonter à l'époque du décès du testateur, pourvu que l'hérédité ait aussi été acceptée par l'héritier institué. D'après cette maxime, la loi 13.ᵉ, § 3.ᵉ, liv. 9.ᵉ, titre 2.ᶜ (*Ad Legem Aquiliam*), décide que si un

---

Éditeurs d'Hulot n'en emploient que deux, les crochets [ ] et les parenthèses ( ); de sorte qu'ils confondent des espèces de fautes très-différentes. Sous ce seul rapport, leur édition contient au moins plusieurs centaines d'erreurs. Cette réduction et confusion des signes montre d'ailleurs qu'ils n'ont pas pris pour modèle l'édition même des Florentines.

esclave légué a été tué après l'adition de l'hérédité, l'action en dommages accordée par la loi Aquilia à raison de ce délit, est déférée au légataire, dans le cas même où il a accepté le legs après la mort de l'esclave. Si, au contraire, il répudie le legs, l'action est déférée à l'héritier. Les Florentines, à la fin du texte, ont une négation qui change entièrement la décision ; on y lit : *Si NON post mortem servi adgnovit legatum*. Hulot a traduit littéralement : « S'il » (le légataire) a accepté le legs avant la mort de l'esclave ; » sans faire attention que soit que l'acceptation du legs eût été faite avant, soit qu'elle ne l'eût été qu'après la mort de l'esclave, la propriété du légataire remontait toujours au tems de la mort du testateur, et que par conséquent c'était à lui que l'action de la loi Aquilia devait être déférée.

Mais lors même qu'Hulot aurait ignoré ce principe élémentaire, un simple coup-d'œil sur une édition où les variantes sont rapportées, l'aurait empêché de commettre cette faute. Il aurait vu par exemple, dans celle de Charondas publiée par Plantin (38), que la négation manque dans des manuscrits, dans

---

(38) Cette édition précieuse, publiée chez Plantin en 1575, a été faite sur les Florentines : on y trouve en marge toutes les variantes de la Vulgate, de l'édition d'Haloander, et de beaucoup de manuscrits. Il y a aussi des notes curieuses de Charondas, de Russard, Taurellius, le Conte, Cujas, Duaren, Connanus, etc. ou extraites de ces Auteurs.

l'édition d'Haloander et dans la Vulgate. Enfin, s'il eût consulté son maître et son oracle Pothier (39), il en aurait appris que cette négation devait être absolument retranchée : *Videtur omninò detrahenda* (40).

La même inadvertance lui a fait prêter des erreurs grossières et des contradictions, aux législateurs romains, dans beaucoup d'autres textes. Nous en allons indiquer plusieurs; mais afin de ne pas abuser de la patience de nos lecteurs, nous nous bornerons à citer les fautes ... corrections qu'on en a faites (41) d'après les manuscrits, et les autorités principales sur lesquelles nous nous fondons.

1.º Loi 34.ᵉ, liv. 41.ᵉ, tit. 2.ᵉ (*de acquirendâ Possessione*), — au lieu de *quoniam autem in corpore consenserimus*, qu'Hulot traduit, « dans le cas même » où on est d'accord sur la chose, « il faut lire, *in corpore NON consenserimus*, c'est-à-dire, tout le

---

(39) Voyez ci-devant la note 18, page 55.

(40) Pandectes de Pothier, *ad Legem Aquiliam*, n.º 52.

(41) Nous ne citons ici que celles qui sont reçues universellement. Il en est d'autres qui ont été rejetées par quelques auteurs, et qu'Hulot eût dû au moins indiquer en note, afin que les juristes pussent faire un choix entre les sentimens opposés... Ainsi, dans le § 1.ᵉʳ de la loi 12.ᵉ, liv. 7.ᵉ, tit. 8.ᵉ (*de Usu et Habitatione*), il doit y avoir le mot *foliis*, suivant les Florentines, et le mot *doliis*, suivant le manuscrit de Charondas. Fornerius est pour la leçon Florentine, Connanus pour celle de Charondas; enfin, Cujas dit que c'est *olcis* qu'il faut lire.

contraire. La négation qui manque aux Florentines
est dans d'autres manuscrits. Elle est d'ailleurs indiquée par le sens et les principes. *Malè*, dit Pothier (42),
deest hæc negatio in Florentinis (43).

2.° Loi 25, à la fin, liv. 7.ᵉ, tit. 1.ᵉʳ (*de Usufructu*),
au lieu de *vera est Pegasi sententia* . . . . . *omnia
fructuario adquiri*, traduits ainsi par Hulot, « le
» sentiment de Pegasus... est que dans tous ces cas
» la stipulation est acquise à l'usufruitier, ce qui est
» très-vrai; » lisez, *omni fructuario adquiri*, c'est-
à-dire, que ce qu'un esclave usufructuaire acquiert,
il l'acquiert à toute espèce d'usufruitier (44). La
lettre *a* est omise dans plusieurs manuscrits, ainsi
que dans les Basiliques. — Voyez Charondas et

---

(42) Pandectes, même titre, n.° 16.

(43) Dans cette même loi, Hulot traduit *mittere in posses-
sionem*, envoyer en possession, par *mettre en possession*, ce
qui n'est pas la même chose.

(44) La traduction d'Hulot n'offre pas en cette occasion,
comme dans les autres exemples, un sens entièrement opposé
à celui du texte rectifié, mais un sens incomplet. Il dit que la
stipulation est acquise à l'usufruitier : le texte ne parle point
de l'acquisition par la seule stipulation, mais de toute acquisition que fait l'esclave, *ex re fructuarii, vel ex operis*. La loi
21.ᵉ, tirée du même traité que la précédente (la loi 25 est
extraite du liv. 18, et la loi 21, du liv. 17 d'Ulpien sur Sabinus),
nous apprend ce que signifient ces termes : « C'est tout ce qu'un
» esclave acquiert par ses propres travaux, ou au moyen des

Pothier (45) sur cette loi. — *Perspicuè legendum est*, dit Cujas (46), *omni fructuario, non omnia;* et il en expose les motifs.

3.º Loi 1.re, liv. 2.º, tit. 15.º (*de Transactionibus*). Nous allons en rapporter tout le texte, parce qu'il est court et qu'il contient d'ailleurs un principe élémentaire. *Qui transigit, quasi de re dubiâ, et lite incertâ, neque finitâ transigit : qui verò pasciscitur, donationis causâ rem certam et indubitatam liberalitate remittit.*

Traduction d'Hulot : «Le pacte diffère de la tran-» saction, en ce que celui qui a transigé s'accommode

---

» biens de l'usufruitier. » . . . . L'acquition dont parle le § 7 de la loi 25 n'est donc pas bornée à celle qui résulte d'une stipulation. — Au reste, Hulot a encore fort mal traduit la phrase, *quod autem diximus, ex re fructuarii, vel ex operis posse acquirere.* . . . par celle-ci : « Examinons si cette règle, que » l'esclave soumis à l'usufruit peut acquérir à l'usufruitier en » conséquence de sa chose et de ses travaux, etc. » D'après la construction grammaticale, il semble qu'il s'agisse de l'acquisition en conséquence (terme impropre) de la chose de l'usufruitier et des travaux de l'usufruitier, ce qui est contraire au texte ; ou, si l'on veut être moins sévère, qu'il s'agisse de l'acquisition faite en conséquence de la chose de l'esclave et des travaux de l'esclave; ce qui n'est pas plus exact, puisqu'il est question, comme on le voit par la loi 21, de l'acquisition qui est faite au moyen des biens de l'usufruitier et des travaux de l'esclave.

(45) Pandectes, *de Acquirendo rerum dominio*, n.º 82.

(46) *Observat.*, lib. xj, cap. 56.

» sur une chose douteuse, incertaine, et qui n'est
» point décidée; au lieu que celui qui fait un pacte,
» remet une dette qui lui est clairement due, par un
» esprit de libéralité ».

Il résulte de cette traduction que toute espèce de
pacte a pour objet une remise de dette. Hulot eût
encore évité cette étrange erreur, en consultant les
mêmes éditions. Il aurait vu que les Florentines pla-
cent mal à propos la virgule après *pasciscitur*, et
qu'elle doit être après *donationis causâ*; de sorte qu'il
faut traduire à peu près : « celui qui fait un pacte
» *à titre* de donation, remet, etc. » et alors
l'exemple de la loi est conforme aux principes et à
la raison. — Voyez l'édition de Charondas, Duaren
et Pothier (47). — *Siculus*, dit Julius Pacius (48),
debet subjici verbo CAUSA, *alioquin sententia hujus
loci falsa est. Non enim omne pactum fit donationis
causâ : sed omne pactum quod donationis causâ
fit, rem certam liberaliter remittit.*

Nous venons de prouver qu'il ne suffisait pas de
prendre pour texte une bonne édition, telle que
l'édition tirée des Florentines, si l'on n'a pas égard
aux variantes des autres manuscrits. Bien plus, on
s'expose même à des erreurs, si l'on suit littéralement

(47) Pandectes, même loi.
(48) *De Transactionibus, ad leg.* 1 *et* 2.

le texte des Florentines, parce qu'il y a quelquefois des transpositions de mots, des sous-entendus résultant de l'omission de lettres semblables (49), etc.

Citons encore un exemple.

Lorsqu'un débiteur fait un payement sans indiquer celle de plusieurs dettes sur laquelle on l'imputera, le créancier peut indiquer cette dette, pourvu qu'il désigne celle qu'il aurait intérêt de désigner s'il était lui-même débiteur. Après avoir exposé ce principe, Ulpien, auteur de la loi 1.ʳᵉ, liv. 46.ᵉ, titre 3.ᵉ (*de Solutionibus*), en fait l'application en ces termes : *Id est, in id debitum quod non est in controversiâ, aut in illud quod pro alio quis fidejusserat, aut cujus dies non venerat*; ce qu'Hulot traduit de cette manière : « c'est-à-dire (que le créancier doit indi- » quer que le payement est fait) pour une dette

____

(49) Le copiste des Florentines, peut-être pour abréger, a omis assez souvent de répéter dans un mot, quoique elles y fussent nécessaires, des lettres qu'il venait d'employer dans un mot précédent. Taurellus en donne plusieurs exemples dans la préface de son édition, et dans le texte il indique, par des caractères différens, les lettres du manuscrit qu'il présume, d'après le sens, devoir être répétées. Ainsi, dans le manuscrit, au lieu des mots *ut necesse esset* du § 11 de la loi 2, *de origine juris* (liv. 1, tit. 2), il y a *ut necesset*, que Taurellus, pour avertir de la nécessité de faire une duplication de lettres, a ainsi imprimés, *ut necESSEt*.

» qui n'est pas disputée, ou qui n'est pas pour cau-
» tionnement d'un tiers, ou qui n'est pas encore
» non échue. »

Qu'est-ce qu'*une dette qui n'est pas encore non
échue ?* Nous le donnons à deviner aux plus subtils.
Ce n'est pas néanmoins sans raison qu'Hulot s'est
servi de cet étrange *non échue.* S'il eût dit sur une
dette qui n'est pas encore échue, il eût prêté une
contradiction à la loi ; car il n'est pas de l'intérêt du
débiteur d'acquitter une dette *non échue* plutôt qu'une
dette échue.

Il eût évité cette faute, s'il eût fait attention qu'il
y a souvent des transpositions dans les Florentines ;
qu'ici la négation devait être placée de cette manière :
Id est non in id debitum, etc. Avec ce déplacement,
le texte est parfaitement clair et signifie à-peu-près,
« que le créancier ne doit pas faire l'imputation sur
» la dette qui est contestée, sur celle au moyen de
» laquelle on a cautionné un tiers, et sur celle qui
» n'est pas échue. » Cette leçon est proposée par les
interprètes grecs des Basiliques, par les Annotateurs
de l'édition de Charondas, par Pothier dans ses
Pandectes (5o), etc.

Hulot n'a pas tenu plus de compte des corrections
proposées par les Interprètes, pour les mots qui leur

(5o) Même titre, n.º 9i.

ont paru avoir été altérés par les copistes. C'est une nouvelle source d'erreurs. Citons encore un exemple.

La loi 61.e, liv. 30 (*de Legat.* 1.°), s'exprime ainsi : *Sumptus autem in reficiendâ domu necessarios à legatario factos, petenti ei legatum, cujus posteà conditio exstitit, non esse reputandos existimavi.* Hulot traduit littéralement : « Mais je n'ai pas cru » qu'on dût demander quelque chose à un légataire » pour les dépenses qu'il a faites lui-même dans une » maison qui lui était léguée conditionnellement, si » le legs vient à avoir son effet par l'événement de » la condition.

Cette traduction pêche tout-à-la-fois contre l'exactitude et contre le bon sens.

1.° Elle pêche contre l'exactitude, en ce qu'Hulot omet le mot nécessaires, *necessarios*, de la loi, mot qui n'est point indifférent, parce que le droit distingue plusieurs espèces de dépenses, les nécessaires, les utiles et les voluptuaires, et qu'il n'accorde pas aussi facilement la répétition de celles-ci que de celles-là.

2.° Faute contre le bon sens. Suivant lui, il s'agit d'un legs fait sous une condition, d'un legs, par conséquent, qui ne peut avoir de l'effet, c'est-à-dire, dont l'objet ne peut passer au légataire que lorsque l'événement prévu par le testateur, et qui forme ce qu'on nomme ici une condition, arrivera. Or, en premier lieu, comment concevoir qu'un particulier ait fait des dépenses nécessaires sur un objet qui ne lui appartient pas encore, dès que l'événement n'est point arrivé ? En second lieu, supposons qu'il en ait fait, c'est une absurdité de faire dire au législateur, et sur-tout à un jurisconsulte aussi habile que Papinien, auteur de cette loi, qu'il ne croit pas qu'on doive demander au légataire le prix de ces dépenses. C'est la même chose que s'il disait : « Titius a fait des » dépenses dans une maison dont il a l'espoir d'être » un jour propriétaire; je ne crois pas que lorsqu'il » le deviendra, l'héritier ait le droit de lui demander » la valeur de ces dépenses. » On sent que si c'était l'héritier qui eût fait les dépenses, il aurait quelque raison de les répéter; mais n'ayant rien dépensé, par quel motif demanderait-il un tel bénéfice (51) ?

Cette absurdité disparaît à l'aide de la correction proposée et démontrée par Cujas (52), et d'après laquelle on lit : *Sumptus in reficiendâ domu legatâ necessarios factos petenti ei legatum*, etc. Alors on doit traduire ainsi : « Les dépenses nécessaires faites » (par l'héritier) pour réparer la maison léguée sous » condition, ne doivent pas être remboursées par » le légataire lors de l'événement de la condition. »

---

(51) Aussi Cujas traite d'ineptie, de faute grossière, de contradiction, la leçon adoptée et traduite par Hulot : *Quàm ineptum, inconcinnum, aut dissentaneum est*, etc.

(52) Cujas, *lib.* 9, *Respons.* Papiniani, *ad l.* 58, *de Leg.* 1.º Pothier a adopté cette correction. — V. *ejusd.* Pandect. *de leg.*

Cujas en donne ensuite le motif : ces dépenses sont une charge des revenus de la maison, que l'héritier a perçus avant l'événement. Il en serait autrement des dépenses de reconstruction : elles seraient répétables contre le légataire, parce qu'elles sont des charges de la propriété.

C'est par une suite de la même négligence à consulter les interprètes, qu'Hulot a fait une foule d'autres contre-sens, et notamment dans le § 1.er, loi 236.e, liv. 50, tit. 16.e, où Pothier a montré qu'il fallait substituer le mot *fructuum* au mot *arborum*; dans le § 13.e, loi 7.e, liv. 24, tit. 3.e (*Soluto Matrimonio*), où Antoine Faber (53) a établi qu'il fallait transposer une négation; dans la loi 4.e, liv. 11, titre 5.e (*de Aleatoribus*), où Cujas (54) a prouvé qu'il y avait un mot à changer, etc. etc. Il serait trop long de les indiquer tous; il faudrait d'ailleurs, pour atteindre un tel but, examiner toute la traduction d'Hulot, et elle n'est pas digne d'un semblable travail (55).

Concluons des observations précédentes, que la traduction du Digeste par Hulot, bien loin de mériter les éloges pompeux qu'on lui a donnés, est un

---

(53) Faber, *de Conjecturis*, *lib.* 8. — Pothier, au même titre, adopte sa correction.

(54) Cujas, *lib.* 19 *Pauli*, *ad Edictum;* Pothier, même titre 5.^e

(55) Nous citerons pourtant plusieurs des fautes d'Hulot, que nous avons reconnues en feuilletant son ouvrage, parce que cela

ouvrage extrêmement imparfait; que si elle peut quelquefois faciliter les jeunes gens dans leurs études, elle sera pour eux très-souvent un guide infidèle; et qu'enfin il est impossible qu'elle supplée jamais à l'étude des textes originaux.

Il nous reste à examiner si Hulot a été plus heureux dans la traduction des Instituts. Il faut auparavant observer que des quatre parties qui composent le corps du Droit Romain, les Instituts sont la plus facile à traduire, soit parce que la rédaction en est, en général, supérieure à celle des autres (56), soit parce qu'ils n'ont été extraits que d'un infiniment petit nombre d'ouvrages différens (57), soit parce qu'ils ne contiennent que des principes élémentaires à la portée de tout le monde.

Si nous ajoutons à ces observations, que les

---

peut être utile à ceux qui l'ont acheté ; mais nous nous bornerons à indiquer les lois où sont les fautes, et les Auteurs qui en ont rectifié le texte.

1.° § 3, loi 3.ᵉ, liv. 2.ᵉ, tit. 15.ᵉ (*de Transactionibus*). — Cujas.

2.° Loi 3.ᵉ, liv. 7.ᵉ, tit. 1.ᵉʳ (*de Usufructu*). — Cujas et Pothier.

3.° Loi 8.ᵉ, livre 4.ᵉ, titre 1.ᵉʳ (*de in integrum Restitutionibus*). — Cujas, Rævard et Pothier.

(56) Voyez ce que nous en avons dit au commencement de ce Mémoire, pag. 10, d'après Gravina.

(57) La plus grande partie des Instituts est tirée d'un semblable ouvrage du jurisconsulte Caïus.

Instituts ont été traduits plusieurs fois, et qu'on a pu s'aider des premières traductions, quelque défectueuses qu'elles fussent, au moins pour en éviter les fautes; qu'ils étaient enseignés dans les Universités, et que par conséquent les Avocats les moins instruits devaient connaître à fond le sens de toutes leurs décisions, il ne serait point surprenant que le travail d'Hulot sur cette partie du Droit Romain fût moins imparfait que celui qu'il a fait sur le Digeste.

D'après ces réflexions, nous nous imaginions que nous n'aurions guère à reprendre, dans ce travail, que des fautes de style : nous nous sommes trompés. Quoique nous nous soyons bornés à parcourir légèrement quelques titres de la traduction, nous y avons trouvé un assez grand nombre de fautes contre l'exactitude (58). Si nous étions forcés de choisir entre l'ouvrage de Ferrière et celui d'Hulot, nous n'hésiterions pas à préférer le premier, quoique beaucoup plus mal écrit (59), parce qu'il est moins inexact (60).

-----

(58) Aussi nous sommes-nous dispensés de parler de celles de style (on en verra un exemple ci-après). .... Nous pouvons néanmoins assurer que le style de la traduction des Instituts est tout aussi *beau* que celui de la traduction du Digeste.

(59) Pour donner une idée de la barbarie du style de Ferrière, nous citerons un passage de sa traduction du *Præmium* des Instituts. Le § 4.ᵉ de ce *Præmium* commence ainsi : *Igitur post;* Ferrière traduit : « C'est donc pourquoi immédiatement après » que, etc. »

(60) On en verra la preuve dans les notes suivantes.

C'est encore une remarque importante à faire ici. S'il est indispensable d'être exact dans une traduction de Droit, c'est sur-tout dans celle des Instituts, puisqu'ils contiennent les principes élémentaires que doivent apprendre les jeunes légistes. Il n'est sans doute rien de plus dangereux que d'enseigner des principes faux ou inexacts : il est inutile d'insister sur cette vérité.

Passons maintenant aux preuves. Mais comme les Instituts sont connus de tous les gens de loi, nous n'aurons pas besoin de longues discussions. Il suffira le plus souvent d'indiquer les fautes.

Livre premier. — Titre 2.ᵉ — § 6.ᵉ — Texte : *Quod imperator per epistolam constituit.* — Traduction : « Ce que l'empereur établit par rescrit. » — Il faut, par *lettre*. Nous avons déjà dit que c'était une des espèces de décisions des empereurs (61).

§ 7.ᵉ — Texte : *Prætorum quoque edicta non modicam obtinent juris auctoritatem. Hoc etiam jus honorarium solemus appellare, quod qui honores gerunt... auctoritatem huic juri dederunt.* — Traduction : « Les édits des Préteurs ont une autorité » fort étendue. Aussi leur donne-t-on le nom de » droit honoraire, etc. » — Il faut effacer le mot *aussi*, et mettre simplement : On leur donne, etc.,

---

(61) Voyez les notes 51 et 52, et la partie du texte qui y renvoie, page 36.

parce que ce n'est point à cause de leur autorité qu'on leur donne ce nom, mais par la raison qui est ensuite exposée dans le texte (62).

Titre 3.ᵉ — § 4.ᵉ — Texte : *Nascuntur (servi) ex ancillis nostris.* — Traduction : « On est esclave de » naissance, quand on descend d'une femme esclave. » — Le mot *descend* est impropre. Le fils d'un homme libre, fils lui-même d'une esclave, descend aussi d'une femme esclave. Il fallait, quand on *naît* (63).

Titre 4.ᵉ — Texte : *Ingenuus est is qui statim ut natus est, liber est; sive ex duobus ingenuis matrimonio editus est; sive ex libertinis duobus,* etc. — Traduction : « On appelle libre de naissance, celui » qui est libre aussitôt qu'il est né, soit qu'il naisse » du mariage de deux personnes libres ou de deux » affranchis, etc. » — Il fallait, de *deux personnes libres de naissance,* dès qu'Hulot ne voulait pas employer le mot *ingénu,* qui est pourtant reçu. Et, en effet, deux affranchis sont aussi deux personnes libres (64).

Titre 5.ᵉ — § 3.ᵉ — Texte : *Modo majorem et justam libertatem … una atque simplex libertas … —* Traduction : « Une grande et véritable liberté … » une sincère et véritable liberté . . . » — Qu'est-ce

----

(62) Ferrière n'a pas commis cette faute.
(63) Même observation.
(64) Même observation.

qu'une liberté sincère ? Ferrière a mis, une *liberté
pleine et entière*, ce qui vaut mieux, quoique cela
ne rende pas encore le texte, où l'on veut annoncer
que dans les premiers tems de Rome on ne donnait,
par l'affranchissement, qu'une espèce de liberté.

Titre 6.ᵉ — § 1.ᵉʳ — Texte ... *Si modo ei nemo
alius ex eo testamento hæres exstiterit ; aut quia
nemo hæres scriptus sit, aut quia is qui scriptus
est, quâlibet ex causâ hæres ei non exstiterit ...* —
Traduction : « Pourvu toutefois qu'il n'y ait point
» d'autre héritier institué par le testament , etc. »
— Il fallait, *point d'autre héritier en vertu de ce
testament*. La suite du texte l'indique, en donnant
précisément pour exemple le cas où l'héritier institué
n'a pas pu être héritier (65).

Titre 7.ᵉ — Texte : *Satis fuerat inhumanum, vires
quidem licentiam habere totam suam familiam
libertate donare ... morientibus autem hujus modi
licentiam adimere.* — Traduction : « Il était assez
» inhumain qu'il fût permis à un maître de donner
» la liberté à ses esclaves par des dispositions entre-
» vifs, et qu'il ne pût leur accorder la même faveur
» à titre de donation à cause de mort. » — Il n'est
nullement question ici de donation à cause de mort ;
il fallait par *dispositions* à cause de mort, ainsi que

---

(65) Ferrière n'a pas commis cette faute.

l'a traduit Ferrière. On pouvait affranchir par testament (66), et même par codicille (67), comme par donation à cause de mort.

Titre 8.e — Texte : *Sequitur de jure personarum alia divisio.* — Traduction : « Il existe une autre » division sur le droit des personnes. » — Nous ignorons ce que c'est qu'une division *sur* le droit (68).

§ 1.er — *In potestate dominorum sunt servi, quæ quidem potestas juris gentium est.* — La dernière moitié de la phrase est omise dans la traduction (69).

Titre 9.e — § 1.er — Texte : *Matrimonium est viri et mulieris conjunctio, individuam vitæ consuetudinem continens.* — Traduction : «Le mariage est l'union » de l'homme et de la femme qui contient l'engage- » ment indissoluble qu'ils contractent pour toute leur » vie. » — Il n'est point question ici d'indissolubilité du mariage (70); Justinien ne pouvait le dire, puisque

---

(66) L'alinéa qui précède dans le texte le décide positivement.

(67) Voyez loi 7.e, livre 40.e, titre 9.e (*Qui et à quibus manumissi*).

(68) La traduction de Ferrière, quoiqu'elle ne soit pas très-bonne, donne au moins une idée du texte.

(69) Ferrière n'a pas fait cette faute.

(70) Ferrière a fait la même faute.

Nous avons développé dans un autre ouvrage le véritable sens de ce texte. — V. notre Cours de Législat., tom. 2, titre du Mariage. — Voyez aussi les notes d'Heineccius sur le Commentaire de Vinnius, relatif à ce §.

le divorce était permis à Rome, et qu'il l'avait lui-même autorisé dans certaines circonstances (71).

Titre 10.e — § 13.e — Texte : ... *Qualis est is qui dùm naturalis fuerat, posteà Curiæ datus, potestate patris subjicitur.* — Traduction : « Par exemple, » lorsqu'un fils naturel se trouve être de l'ordre des » Décurions, il devient ensuite soumis à la puissance » paternelle. » — Il fallait : *Lorsqu'un fils naturel est adopté par la Curie* (devient décurion), *il passe sous la puissance de son père* (72).

Titre 11.e — § 10.e — Texte : *Fœminæ quoque adoptare non possunt, quia nec naturales liberos in suâ potestate habent : sed ex indulgentiâ Principis ad solatium liberorum amissorum adoptare possunt.* — Traduction : « Les femmes ne peuvent » adopter personne, parce que leurs enfans ne sont pas » sous leur puissance. Cependant, pour les consoler » de la perte de leurs enfans, le Prince leur a accordé » cette faveur par une grâce particulière. »

Il semble, d'après cette tournure, que le Prince avait permis l'adoption à toutes les femmes au moins, qui avaient perdu leurs enfans, tandis qu'il fallait une permission particulière pour cette adoption, ainsi qu'on en voit un exemple dans la loi 5.e, au

---

(71) Voyez les lois 10.e et 11.e du Code, livre 5.e, titre 17.e (*de Repudiis*), publiées en 528, c'est-à-dire, cinq ans avant les Instituts.

(72) Ferrière n'a pas fait cette faute.

code *de Adoptionibus* (73). — Voyez aussi Vinnius, sur ce titre.

Tit. 12.ᵉ — Texte : *Videamus nunc, quibus modis ii qui alieno juri sunt subjecti, eo jure liberentur.* — Traduction : « Examinons maintenant de quelle » manière les enfans qui sont sous la puissance pater- » nelle, en sortent. » — Lisez, *de quelle manière ceux qui sont sous la puissance d'autrui* (74), etc. Outre que ce texte n'offre aucun doute, il suffisait de lire la phrase suivante, où l'on parle de la manière dont les esclaves sont affranchis, etc. pour juger que la première ne se rapportait pas uniquement aux enfans (75).

On voit qu'à partir du titre 2.ᵉ, il n'en est pas un seul où, jusqu'à présent, nous n'ayons trouvé des

----

(73) Ferrière n'a pas fait cette faute.

(74) Même observation.

(75) Hulot a pu être induit à cette erreur par la rubrique du titre, ainsi conçue : *Quibus modis jus patriæ potestatis solvitur;* ou, « De quelle manière se dissout la puissance paternelle. » ... Mais il ne l'eût point commise s'il eût consulté les bonnes éditions et les interprètes les plus éclairés. Il en aurait appris, en effet, que le mot *patriæ* ne se trouve point dans les anciens manuscrits; de sorte que le véritable titre est : « De quelle manière la puissance » se dissout. » — Voyez les Annotateurs de Plantin, les Instituts de Théophile et Fabrot, Cujas et Vinnius, sur ce titre.

Ferrière a commis la même faute, dans la traduction de la rubrique.

fautes, et nous ne les avons pas toutes indiquées (76).
Nous avons cru inutile de suivre plus long-tems article
par article la traduction d'Hulot. Nous nous sommes
réduits à en examiner divers titres, sans ordre ni
choix, et nous avons trouvé presque par-tout des
fautes. Citons encore quelques exemples (77).

Livre 1.ᵉʳ — Titre 25.ᵉ — § 4.ᵉ — Texte.... *Nisi
Fortè de omnibus bonis, vel de hæreditate contro-
versiá sit.* — Traduction : « A moins que le procès ne
» comprenne tous les biens du pupille, ou la succes-
» sion *de son père.* » — Hulot a ajouté ces derniers
mots au texte, où il n'est question que d'une succession en général (78).

Livre 2.ᵉ — Titre 12.ᵉ — § 5.ᵉ — Texte.... *Sed
quod dùm in civitate fuerat, fecit; sive redierit,
valet jure Postliminii : sive illic decesserit, valet ex
lege Cornelia.* — Traduction : « Mais le testament

---

(76) Ainsi nous pourrions indiquer comme fautive, la traduction des textes suivans, des mêmes titres.

Titre 2.ᵉ : §§ 2, 4, 8, 11. — Titre 3.ᵉ : § 3.ᵉ et 5.ᵉ — Titre 5.ᵉ:
§ 2.ᵉ — Titre 6.ᵉ : § 4.ᵉ — Titre 9.ᵉ : § 3.ᵉ — Titre 10.ᵉ : § 1,
4, 6, 8, 10. — Titre 11.ᵉ : § 3, 4, 5, 7, 9. — Titre 12.ᵉ : § 1,
3, 6, 7.

(77) Autres exemples de traductions fautives.

Livre 2.ᵉ : titre 14.ᵉ, § 5.ᵉ — Titre 20.ᵉ, § 1, 2, 26, 30, 31.
— Titre 22.ᵉ, § 3.ᵉ = Livre 3.ᵉ : titre 6.ᵉ, § 5, 6. — Titre 14.ᵉ, au
commencement. — Titre 17.ᵉ, au commencement. = Livre 4.ᵉ :
titre 3.ᵉ, § 5, 6, 8, 11. — Titre 13.ᵉ, § 1.

(78) Ferrière n'a pas fait cette faute.

» qu'il aurait fait dans sa patrie avant sa captivité,
» se soutiendrait par la fiction du droit Postliminien ,
» ou par celle de la loi Cornélia. » — On voit qu'Hulot
a omis deux périodes du texte, qui étaient néanmoins
essentielles (79).

Livre 3.ᵉ — Titre 15.ᵉ — § 2.ᵉ — Texte : .... *Nec
suffcit ei tantam diligentiam adhibuisse, quant am
suis rebus adhibere solitus est.,.* — Traduction : « Il ne
» suffirait pas même qu'il y eût apporté le soin ordi-
» naire d'un bon père de famille » . . . — Il fallait,
*le soin qu'il avait coutume de donner à ses pro-
pres affaires,* parce que les soins d'un bon père de
famille offrent un autre sens dans le Droit (80).

Livre 4.ᵉ — Titre 6.ᵉ — § 1.ᵉʳ — Texte... *Aut cum eo
agit, qui nullo jure ei obligatus est, movet tamen
alicui de aliquá re controversiam : quo casu proditæ
actiones in rem sunt.* — Traduction : « Ou bien nous
» actionnons celui qui ne nous est lié par aucune
» espèce d'obligation , et cependant nous formons
» quelque demande contre lui, etc. » — Il ne fallait
pas omettre ici les mots *de aliquá re :* ils étaient essentiels pour bien caractériser les actions réelles (81).

D'après ce que nous avons fait observer sur l'enseignement élémentaire des Instituts, nous avions

---

(79) Ferrière n'a pas fait cette faute.
(80) Même observation.
(81) Même observation.

présumé qu'Hulot aurait pū connaître les variantes des manuscrits et les corrections des interprètes beaucoup mieux que celles du Digeste. Nous nous sommes trompés : sa version n'est pas moins fautive sous ces deux points de vue (82). Citons un exemple de l'un et de l'autre genre (83).

Livre 1.er — Titre 14.e (*de Testamentariâ Tutelâ*), à la fin du § 5.e, on lit : *Planè si posteris dederit, tam filii posthumi, quam cæteri liberi continebuntur.* — Traduction : « Mais si le testateur a donné des » tuteurs à ses descendans, tous les enfans nés ou à » naître, dans quelque degré qu'ils soient, seront » compris dans cette disposition. »

Tous les manuscrits, les Instituts de Théophile, ainsi que la loi (84) du Digeste, d'où ce passage a été tiré littéralement, portent *posthumis*, au lieu de *posteris :* et d'après cette leçon, qui a été adoptée par tous les auteurs estimés (85), il faut entièrement changer la traduction d'Hulot (86).

---

(82) Les variantes des Instituts sont plus nombreuses, à proportion, que celles du Digeste. Qu'on juge à présent de la confiance que mérite la traduction d'Hulot !

(83) Nous en avons déjà cité un, à la note 75, et nous pourrions en citer beaucoup ; un entre autres que nous tirerions de la traduction du § 12.e, titre 10.e, livre 1.er

(84) Loi 6.e, livre 26.e, titre 2.e, *de Testamentariâ Tutelâ.*

(85) Entre autres, Cujas et Vinnius, sur les Instituts.

(86) Et celle de Ferrière, qui a fait la même faute.

Liv. 1.er — Tit. 12.e, au commencement. — Texte : *Si verò is, quo tempore avus moritur, aut jam mortuus est, aut per emancipationem exiit de potestate patris, tunc ii, qui in potestatem ejus cadere non possunt, sui juris fiunt.* — Traduction : « Cependant, si au tems où l'aïeul est mort, le père de ces petits-fils et petites-filles n'existait déjà plus, ou qu'il soit sorti de la puissance paternelle par l'émancipation, alors ceux-ci, ne pouvant plus retomber sous la puissance de leur père, deviennent absolument indépendans. »

L'Annotateur de l'édition de Plantin a démontré que ces mots, *per emancipationem*, doivent être retranchés du texte (et par conséquent de la traduction (87) d'Hulot), parce que les petits-enfans devenaient pères de famille dans toutes les circonstances où leur père simple était affranchi de la puissance paternelle, et que l'émancipation n'était pas le mode unique d'affranchissement. Cette correction adoptée par Cujas, Hotoman, Fabrot et Vinnius (88), est d'ailleurs fondée sur le texte de plusieurs manuscrits et des Instituts de Théophile.

Les remarques précédentes suffisent, à ce qu'il nous semble, pour nous autoriser à appliquer à la Traduction des Instituts par Hulot, le jugement que

---

(87) Et de celle de Ferrière, par la même raison.
(88) Instituts, même titre.

nous avons porté sur sa Traduction du Digeste. C'est encore un ouvrage fort imparfait, dont on peut se servir quelquefois pour épargner du tems, mais qu'il ne faut jamais suivre comme un guide sûr, ni même éclairé.

Nous aurions pu borner là notre tâche, puisque Hulot et Ferrière (89) sont les seuls qui aient traduit des parties complettes du corps du Droit Romain (90), et ceux par conséquent dont l'usage doive être le plus répandu, comme il l'est en effet chez les jeunes Légistes. Nous avons cru néanmoins qu'il ne serait pas inutile de jeter un coup-d'œil sur les Traductions de fragmens détachés. On en distingue deux sortes: celles où l'on s'est occupé de quelques titres du Digeste, et celles où l'on a embrassé des lois de divers titres, relatives à une même matière. Les traductions de Leduc et Troussel sont du premier genre (91); celles de Lalaure et de M.ʳ Berthelot sont du second : nous ne parlerons que de la 1.ʳᵉ et de la 3.ᵉ (92).

---

(89) La traduction des Instituts par Dutheil est entièrement oubliée.

(90) Nous ne pouvons nous occuper de la traduction du Code par M.ʳ Tissot, parce qu'elle n'est pas terminée.

(91) Voyez la note 1.ʳᵉ, page 1.

(92) Nous n'avons pas celles de Troussel et de M.ʳ Berthelot.

La Traduction de Leduc ne comprend que les quatre premiers titres du livre 4.e du Digeste, et une loi (il est vrai fort longue) du titre 2.e du 1.er livre. Nous en avons examiné le premier titre en entier et les dix premières lois du titre second. Nous y avons trouvé infiniment moins de fautes, sur-tout de fautes importantes, que dans celle d'Hulot. Leduc a eu aussi le soin de mettre en note, 1.º le sens littéral des textes, lorsque l'esprit de la langue française a exigé qu'il employât des tournures différentes ; 2.º des remarques historiques ou critiques sur les jurisconsultes romains, sur les lois qu'ils citent, sur les institutions et usages des Romains, sur les changemens que le Droit Français a faits aux lois Romaines, etc. En un mot, l'ouvrage de Leduc est bien supérieur aux autres. Mais il y a beaucoup d'expressions vieillies et d'incorrections, et enfin il s'y trouve quelques fautes contre l'exactitude. Au reste, ce qui prouve que de tout tems on a senti les inconvéniens des traductions des lois Romaines, c'est que celle-ci, quoique meilleure que toutes celles que nous connaissons, est presque entièrement oubliée, et ne se trouve plus que dans les grandes bibliothèques.

Indiquons plusieurs des fautes.

Titre 1.er (*de In integrum Restitutionibus*), loi 7.e, § 1.er — ... *Si citatus non respondit, et ob hoc more pronunciatum est, confertim autem pro tribunali te sedente adiit, existimari potest non suâ culpâ,*

sed parùm exauditâ voce præconis defuisse, ideò-que restitui potest. — Traduction : « Si celui dont la
» cause a été appelée ne comparaît pas, et qu'on
» ait prononcé à l'ordinaire, en haine de sa contu-
» mace, en cas qu'il se présente avant que l'audience
» soit levée, on peut croire que ce n'a pas été par sa
» faute qu'il a fait défaut ; ainsi on doit lui accorder
» la restitution. » — On voit que Leduc a ajouté au
texte les mots *en haine de sa contumace,* et qu'il a
omis *sed parùm exauditâ voce præconis.*

Loi 8.ᵉ — ... *Quod minores contra Rempublicam
restituuntur...* — Traduction : « Que les mineurs...
» peuvent être restitués . . . même contre la ville. »
— *Respublica* ne signifie pas ville, mais République,
État. Il est vrai que le texte paraît avoir été altéré,
et qu'il y avait probablement, ainsi que l'observe
Cujas (93), *rem judicatam;* mais dès que Leduc
employait le mot *rempublicam,* il ne pouvait le traduire par le mot *ville.*

Titre 2.ᵉ (*Quod metûs causâ*), loi 1.ʳᵉ... *Olim ità
edicebatur : quod vi, metûsve causâ. VIS enim fiebat
mentio propter necessitatem impositam contrariam
voluntati : METUS, instantis, vel futuri periculi*

---

(93) Leduc l'indique lui-même en note, et c'est là une des
remarques utiles de sa traduction, remarques qui sont nécessaires
aux ouvrages du même genre, et qu'Hulot a tout-à-fait négligées.

causâ mentis trepidatione. — Traduction : « Il y a
» dans les anciens édits, *par violence ou motif de*
» *crainte :* car le terme de *violence* y marquait la
» nécessité où la volonté se trouvait réduite contre
» elle-même, et celui de *crainte*, l'agitation de l'es-
» prit par l'idée qu'il se formait d'un péril présent
» ou éloigné. » — Voilà un véritable galimathias...
Au reste, le mot *éloigné* ne rend point exactement
le mot *futuri*, qui exprime un péril prochain tout
comme un péril éloigné.

Loi 5.e — *Metum accipiendum Labeo dicit non
quemlibet timorem, sed majoris malitatis.* — Traduction : « Cette crainte, dit Labeon, ne s'entend
» pas de toute sorte de terreurs, mais de la dernière
» extrémité. » — Cela est inintelligible; il suffisait
de dire.... la crainte d'un très-grand mal.

Livre 1.er, titre 2.e (*de Origine Juris*), loi 2.e,
§ 5.e : *His legibus latis cœpit, ut evenire solet, ut
interpretatio desideraret prudentium auctoritate
necessariam esse disputationem fori.*--Traduction:
« Après que ces lois eurent été publiées, il arriva.
» comme il est assez ordinaire, qu'on fut obligé
» d'avoir recours à l'usage établi parmi les juris-
» consultes dont l'autorité était reçue, pour savoir
» comment on devait les entendre. » — Autre
galimathias. — D'ailleurs, *l'usage établi parmi les
jurisconsultes* ne donne aucune idée des disputes

ou discussions du barreau (94) dont il est question dans cette loi.

L'ouvrage de Leduc est trop peu considérable (95) pour qu'il soit nécessaire de s'y arrêter plus long-tems (96). Passons à celui de Lalaure.

La traduction que Lalaure avait entreprise devait être non moins facile pour lui que celle des Instituts pour Hulot : il venait de composer un traité complet des Servitudes réelles. Il avait donc pu, il avait même dû consulter tous les bons interprètes sur le sens des lois relatives aux Servitudes, lorsque ces lois offraient quelque obscurité, quelques termes techniques, etc. Il avait ou il devait avoir présens à la pensée tous les principes relatifs à cette matière, etc. Que de ressources pour éviter des erreurs (97)! Voyons s'il en a profité. Mais remarquons auparavant que son ouvrage est souvent une paraphrase, plutôt qu'une version : il se permet de donner de longs

---

(94) Nous avons vu (page 54) qu'Hulot n'avait pas été plus heureux dans la traduction de cette loi.

(95) Il n'a traduit que cent vingt-deux lois.

(96) Autres passages fautifs de la traduction de Leduc. — Titre 2.e, lois 7.e et 9.e, au commencement, et aux § 5 et 7.

(97) Ne s'occupant d'ailleurs que d'un seul objet, les Servitudes, il ne pouvait perdre de vue les principes, tandis qu'un traducteur de tout le Digeste doit être, à chaque instant, distrait par les nouveaux sujets, dont on expose, sans ordre, les règles dans cette collection de lois.

développemens, et de faire des additions qui ne se trouvent pas dans l'original (98). Il suffit, pour s'en convaincre, de jeter un coup-d'œil sur cet ouvrage : on y trouve beaucoup de lois dont la traduction est deux et trois fois plus longue que le texte (99).

Quoique cette manière de traduire dût beaucoup faciliter Lalaure dans son travail (100), il a néanmoins commis des erreurs presque à chaque page (101). Citons encore des exemples.

Liv. 7.ᵉ, tit. 1.ᵉʳ (*de Usufr.*) — Le § 7.ᵉ et dernier de la loi 15.ᵉ est ainsi conçu : *Proprietatis dominus ne quidem consentiente fructuario servitutem imponere potest.* — Traduction : « Le maître de l'héritage dont » un autre a l'usufruit, ne *peut établir dessus* (102)

---

(98) Sous ce seul point de vue, sa traduction, en la supposant bonne sous les autres , serait plutôt nuisible qu'utile pour les élèves. Si les développemens et les additions étaient nécessaires à l'intelligence du texte, il fallait les donner dans des notes, ou bien les distinguer dans le texte, par des caractères différens, comme l'a fait Pothier dans ses Pandectes.

(99) Voy., entre autres, livre 3.ᵉ, titre 5.ᵉ, loi 31.ᵉ — Livre 7.ᵉ, titre 6.ᵉ, loi 1.ʳᵉ, § 4. — Livre 8.ᵉ, titre 1, loi 1.ʳᵉ, § 4; loi 6.ᵉ, loi 16.ᵉ — Titre 2.ᵉ, loi 12.ᵉ, etc.

(100) C'est en effet la concision des lois du Digeste qui doit le plus embarrasser un traducteur.

(101) Nous avons examiné les 45 1.ʳᵉˢ pages de sa traduction (elle en a 530 dans l'édit. in-8.ᵒ de 1777); c'est-à-dire, 1.ᵒ les lois détachées des livres 1.ᵉʳ, 3.ᵉ, 5.ᵉ, 6.ᵉ et 7.ᵉ; 2.ᵒ toutes les lois des titres 1 et 2, et les 5 1.ʳᵉˢ du titre 3.ᵉ du livre 8.ᵉ

(102) *Établir dessus !* — Voyez ci-après, note 112.ᵉ, p. 74.

» une servitude, même avec le consentement de l'usu-
» fruitier. »

La loi 16.e ajoute : *Nisi per quam deterior conditio fructuarii non fiat ; veluti si talem servitutem
vicino concesserit, jus sibi non esse altiùs tollere.* —
Traduction : « Le propriétaire d'une maison, dont
» un autre a l'usufruit, ne peut établir une servitude
» qui rende pire la condition de l'usufruitier ; par
» exemple, il ne peut s'engager avec un voisin à ne
» pouvoir jamais exhausser cette maison. »

Il y a deux fautes capitales dans cette traduction.

1.º Lalaure aurait dû remarquer que la loi 16.^e
était une suite du § dernier de la loi 15.e, et cela
aurait dû le frapper d'autant plus que ces deux lois
sont tirées du même ouvrage (103). D'ailleurs on voit
souvent, dans le Digeste, des lois qui ne sont que des
parties de phrases dont les lois précédentes donnent
le commencement, et les suivantes la fin (104). Il
aurait alors compris que la règle de la loi 16.e était
une exception à celle du § 7.e, et il aurait évité la
contradiction qu'il prête au législateur. Ainsi, après

---

(103) Commentaire sur Sabinus par Ulpien.

Pothier n'a pas manqué de placer ces deux textes l'un à la suite
de l'autre. — Voyez ses Pandectes, livre 7.e, titre 1.er, n.º 36.

(104) C'est ce qu'on voit entre autres dans les lois 19, 20, 21
et 22, livre 42.e, titre 5.e (*de Rebus auctoritate judicis*), qui se
lisent de cette manière :

(Fin de la loi 19.e) *Sed æquissimum erit, cæteros quoque,*

a voir dit avec ce §, que le propriétaire ne peut établir de servitude sur le fonds soumis à un usufruit, etc., il aurait ajouté avec la loi 16.ᵉ, « à moins que ce ne » soit une servitude qui n'empire pas la condition » de l'usufruitier. »

2.º La fin de la loi signifie littéralement : « Par » exemple, s'il a accordé au propriétaire voisin la » servitude, *altiùs non tollendi;* » ou en d'autres termes, « s'il s'est engagé (avec le voisin) à ne pas » exhausser sa maison. »

En réunissant cet exemple à la disposition de la première période du texte, on voit que le propriétaire peut contracter un tel engagement avec son voisin. Lalaure, dans sa traduction, dit, au contraire, qu'il ne le peut pas ; mais lors même que le texte eût été moins clair, comment n'a-t-il pas remarqué que c'était là une conséquence du principe qu'il venait de traduire? Et, en effet, en quoi la condition de l'usufruitier sera-t-elle empirée par une pareille concession? Il ne peut rien y perdre, puisque son usufruit était établi sur la maison avant toute espèce d'exhaussement ou de pacte de non-exhaussement. Sa condition eût été empirée si le propriétaire eût fait un pacte contraire, c'est-à-dire, se fût engagé à

---

quibus curatores quasi debilibus vel prodigis dantur; (loi 20.ᵉ) *vel surdo, muto;* (loi 21.ᵉ) *vel fatuo;* (commencement de la loi 22.ᵉ) *idem privilegium competere.*

rabaisser sa maison, parce que l'usufruit fût devenu alors moins considérable que dans le principe.

La loi 27.ᵉ, § 3.ᵉ du même titre, indique plusieurs des charges que doit supporter un usufruitier à raison de sa jouissance (105) : *Si quid cloacarii nomine debeatur, vel si quid ob formam aquæductus, qui per agrum transit, pendatur, ad onus fructuarii pertinebit*, etc. — Traduction : « Si un champ dont » un particulier a l'usufruit est assujetti à un droit » d'égout, ou à porter un aqueduc, c'est une charge » pour l'usufruitier qui est obligé de souffrir la réfec- » tion de l'égout ou de l'aqueduc. »

Cette traduction dénature entièrement le texte. Lalaure est d'autant plus inexcusable dans cette occasion, que Cujas, ainsi que Pothier (106) qui l'analyse, en avaient donné le véritable sens. Il a sans doute été induit en erreur par le mot *cloaca-rium*, qu'il a cru désigner un droit d'égout, tandis que c'était un droit qu'on payait pour le repurgement d'un égout (107). Il faut donc traduire à peu près en

---

(105) *Hæc onera*, répète-t-on à la fin de ce §, *ad fructuarium pertinebunt*. — Au reste la loi serait tout-à-fait inutile dans le sens que lui prête Lalaure. Qu'est-il besoin de décider que l'usufruitier souffrira qu'on répare un aqueduc, dès que le propriétaire lui-même y est assujetti?

(106) Pandectes, livre 7.ᵉ, titre 1.ᵉʳ, n.º 32.

(107) Voyez Brisson, *de Verborum Significat.*, et Cujas et Pothier, au même lieu.

ces termes : « S'il est dû quelque chose pour le droit
» de repurgement d'un égout, ou s'il y a quelque
» réparation à faire à l'aqueduc (108) qui passe
» dans un champ, ces dépenses seront à la charge
» de l'usufruitier. »

Livre 8.ᵉ, tit. 1.ᵉʳ (*de Servitutibus*), loi 14.ᵉ . . . .
Idem et in servitutibus prædiorum urbanorum obser-
vatur. — Traduction. . . . . « Il faut dire la même
» chose des servitudes des maisons de ville. » —
Mettez, *des servitudes urbaines.* Ces servitudes ne
concernent pas seulement les maisons de ville, mais
encore les maisons de campagne : *Ædificia, urbana*
quidem prædia appellamus. Cæterum, et si in villâ
ædificia sunt, æquè servitutes urbanorum prædio-
rum constitui possunt. Loi 1.ʳᵉ du tit. 4.ᵉ — Il est
inconcevable que Lalaure qui, quarante pages plus
loin, traduit cette loi, ait pu commettre une telle
erreur.

Même loi, § 2.ᵉ... *Sacri et religiosi loci interventus*
etiam, etc. — Traduction : « Si entre ces deux héri-
» tages il se trouvait un lieu saint et sacré, etc. » —
Il faut, un lieu *sacré et religieux.* Nous avons déjà
vu que les choses saintes formaient une troisième
espèce de choses, distincte des deux autres (109).

-----

(108) C'est ainsi que Cujas et Pothier (au même lieu) inter-
prètent les mots : *Si quid ob formam aqueductus,* etc.

(109) Voyez ci-devant la partie du texte qui correspond à la
note 25, page 26.

Loi 15.e, § 1.er — *Servitutum non ea natura est, ut aliquid faciat quis, veluti viridia tollat, aut amœniorem prospectum præstet, aut in hoc, ut in suo pingat; sed ut aliquid patiatur, aut non faciat.*
— Traduction : « L'essence de la servitude ne
» consiste pas à engager quelqu'un à faire quelque
» chose, comme à faire abattre des vergers pour
» procurer une plus belle vue, ni à l'obliger de pein-
» dre sur le bâtiment d'autrui, ou sur le sien propre,
» mais à souffrir quelque chose, ou à ne pas faire
» quelque chose. »

En admettant que ce § ait, au fond, le sens que Lalaure lui attribue, il y aurait encore deux fautes dans sa traduction.

1.º Le mot *engager* n'est point le mot propre. Engager est synonime à *inviter;* ce qui ne suppose pas une obligation de la part de celui qui est engagé, tandis que le propriétaire servant est obligé et *contraint* de souffrir la servitude.

2.º *Peindre sur le bâtiment d'autrui* n'est point dans le texte.

Mais ce texte n'a point le sens que lui prête Lalaure, si l'on s'en rapporte à l'interprétation de Cujas (110), adoptée par Pothier (111). *Tollat,* suivant eux, y est pris pour *erigat;* de sorte qu'il faut

---

(110) Cujas, sur ce §.
(111) Pandectes, livre 8, titre 1, n.º 4.

lire, « faire élever (ou planter) des arbres pour
» rendre la vue plus agréable, » et non pas, « faire
» abattre des vergers. » De telles autorités étaient
assez imposantes, pour que Lalaure fît au moins
mention, dans une note, de l'opinion qu'elles éta-
blissaient.

Titre 2.ᵉ (*de Servitutibus prædiorum urbanorum*), loi 2.ᵉ : *Urbanorum prædiorum jura talia sunt;
altius tollendi, et officiendi luminibus vicini, aut non
tollendi,* etc. — Traduction : « Les droits des héri-
» tages urbains, appelés servitudes, consistent à
» élever son bâtiment plus haut, à offusquer les
» murs de son voisin, ou à l'empêcher d'élever les
» siens, etc. »

Nous ne rapportons cette traduction que pour
donner une idée de l'élégance du style de Lalaure.
« Des droits *qui consistent à élever* un bâtiment, à
» *offusquer des murs* (112)! »

Loi 4.ᵉ : *Luminum in servitute constitutâ id ad-
quisitum videtur, ut vicinus lumina nostra excipiat.*

---

(112) Ailleurs (lois 6.ᵉ et 16.ᵉ, titre 2.ᵉ) il dit *offusquer* le
jour, *boucher* le jour, pour *nuire au jour*.

Il est permis à un homme qui écrit ainsi, de trouver *beau* le
style d'Hulot. — Voyez note 28, page 55.

Voltaire avait sans doute lu des livres de Droit écrits dans ce
goût, lorsqu'il a dit que le langage du Barreau était le langage
des barbarismes. — *V. la note additionnelle, ci-après, p.* 88.

Au reste, si nous avions voulu examiner la traduction de

*Cum autem servitus imponitur ne luminibus officia-
tur, hoc maximè adepti videmur, ne jus sit vicino
invitis nobis altiùs ædificare, atque ità minuere
lumina nostrorum ædificiorum.* — Traduction : « Il
» faut distinguer entre la servitude qui oblige à
» donner du jour au voisin, et celle par laquelle on
» est tenu de ne le lui point cacher. A l'égard de la
» servitude par laquelle on est assujetti à donner du
» jour, il suffit que le voisin le reçoive de la maison
» qui est assujettie. Par rapport à celle qui oblige le
» voisin à ne pas nuire au jour de notre maison,
» elle consiste à ce qu'il ne puisse, malgré nous,
» élever sa maison, et par là diminuer le jour que
» notre bâtiment reçoit. »

On voit que Lalaure a plutôt paraphrasé que traduit ce texte : la manière dont il le rend n'en est pas
plus intelligible pour cela. Qu'est-ce, en effet, que
cette servitude de jour, où il suffit que le voisin
reçoive le jour de la maison assujettie ? Comment
concevoir que le jour puisse être reçu d'une maison ?

Il est vrai que les interprètes ont été partagés sur
la nature de la servitude, indiquée par ces mots :
Lumina excipere. Mais aucun d'eux ne l'a conçue

Lalaure, quant au style, nous aurions eu des remarques à
faire presqu'à chaque phrase.... Il observe vainement dans sa
Préface qu'il n'a point cherché à être élégant; rien ne le dispen-
sait au moins de parler français.

2 52

dans le même sens (si toutefois il y a quelque sens)
que Lalaure. Vinnius (113) pense qu'elle est la même
servitude que celle de *luminibus non officere;* qu'elle
en diffère seulement, en ce que le propriétaire servant peut élever sa maison, pourvu qu'il laisse un
peu de jour; tandis que la seconde espèce de servitude l'oblige à ne pas élever du tout sa maison.
Duaren et Cujas (114), dont Pothier (115) a adopté
l'avis comme le plus probable, soutiennent qu'elle
consiste dans le droit que nous avons d'ouvrir une
fenêtre sur le sol du voisin (116). Il fallait prendre un
parti entre ces deux interprétations, ou en donner
une troisième qui eût quelque sens, tandis que celle
de Lalaure n'en a aucun. Dans tous les cas, il fallait
indiquer, en note, les motifs sur lesquels on se fondait pour adopter telle ou telle interprétation.

La loi 15.ᵉ expose en quoi diffèrent les servitudes
ne prospectui, et *ne luminibus officiatur.* Quand on
doit la première, on ne peut rien faire qui nuise à
la vue, ou la rende moins agréable; quand on doit
la seconde, la loi s'exprime ainsi : *In luminibus*

---

(113) Instituts, liv. 2, tit. 3, § 1.ᵉʳ
(114) Commentaire sur cette loi.
(115) Pandectes, liv. 8, titre 2, n.° 9.
(116) C'est aussi ce que démontre Antoine Matthæus, *de Servitutibus,* disput. 5.

*autem non officere, ne lumina cujusquam obscu-
riora fiant.* — Traduction : « Il (le propriétaire servant) doit seulement prendre garde à ne pas trop
obscurcir la maison à laquelle il doit cette servitude. »

Il semble, d'après ces expressions, que le propriétaire servant puisse obscurcir la maison, pourvu
qu'il ne l'obscurcisse pas trop. Cependant la loi
ajoute aussitôt : *Quodcumque igitur faciat ad
luminis impedimentum, prohiberi potest....* « On a
» le droit de l'empêcher de faire quelque ouvrage
» que ce soit, qui nuirait au jour. » Par conséquent,
il n'a la faculté d'obscurcir ni peu ni beaucoup la
maison servie.

Loi 20.e, § 4.e — *Si anteà ex tegulâ cassitaverit
stillicidium, posteà ex tabulato, vel ex aliâ materiâ
cassitare non potest.* — Traduction : « Si l'eau d'une
» gouttière qui tombe sur un fonds asservi, a coulé
» d'abord sur un toit couvert de tuile, on ne peut
» plus la faire couler sur un toit couvert d'une autre
» matière qui pourrait rendre sa chûte plus forte. »

Cette traduction est encore une paraphrase, et
une paraphrase qui n'est pas heureuse. On croit
d'abord, à la tournure dont se sert Lalaure, qu'il
s'agit d'une eau qui tombe *sur* un toit couvert, etc.
et non pas d'*un* toit couvert, etc. Mais passons lui
son *beau* style, et attachons nous à l'explication qu'il
ajoute à la loi : cette explication est entierement

opposée à la signification du texte. Nous voyons en effet, dans Cujas (117), que l'eau qui coulait de l'espèce de toiture désignée par le mot *tabulatum*, était dispersée et occupait plus d'espace dans sa chûte ; que, par conséquent, sa chûte était moins forte (118) que celle de l'eau qui coulait de la toiture désignée par le mot *tegula*, parce que celle-ci était resserrée dans une espèce de canal.

Titre 3.e, loi 2.e, § 1.er — *Aquæductus et haustus aquæ per eumdem locum ut ducatur, etiam pluribus concedi potest, ut diversis diebus, vel horis ducatur.* — Traduction : « On peut accorder à la » fois à différentes personnes le droit d'aqueduc dans » un même ou par un même lieu, et l'on peut aussi » stipuler que ceux à qui on a accordé ce droit, n'en » jouiront qu'à certains jours et à certaines heures. »

Dans le texte latin de la Vulgate, après les mots *concedi potest*, on lit *potest etiam ut*, etc.; ce qui est rendu assez exactement par la traduction de Lalaure : mais ces mots étant supprimés dans celui qu'il a imprimé, la traduction n'est plus exacte, et il ne faut pas s'imaginer que ce soit là une faute typographique. La suppression a été proposée et

---

(117) Cujas, sur ce §.

(118) Pourquoi donc la loi défend-elle de changer le stillicide qui coule *ex tegulâ*, en un stillicide qui coule *ex tabulato ?* C'est que celui-ci occupe beaucoup plus d'espace sur le sol du

sa nécessité prouvée par Cujas (119). Le droit d'aqueduc ne peut, en effet, être cédé à plusieurs personnes à la fois , qu'autant qu'elles en useront dans des tems différens (120); autrement on blesserait la règle de l'individuité des servitudes. N'est-il pas étrange que Lalaure publie le véritable texte, et se borne à donner la traduction de celui qui a été altéré ?

Loi 3.e, § 3. — *Qui habet haustum iter quoque habere videtur ad hauriendum, et . . . . sive ei jus hauriendi et adeundi cessum sit, utrumque habebit : sive tantum hauriendi inesse et aditum : sive tantum adeundi ad fontem, inesse et haustum.* — Traduction : « Celui qui a la servitude de puisage a
» aussi, par une conséquence naturelle, le droit de
» passage pour user de son puisage, soit qu'on ait cédé
» tout à la fois le droit de puisage et le droit d'aller
» à la fontaine : celui à qui on aurait accordé ces
» droits, les aurait l'un et l'autre ; soit, au contraire,
» qu'on ne lui ait accordé que le droit de puisage,
» le droit de passage y est également attaché ; soit

---

propriétaire servant, et lui est ainsi plus onéreux. — *Cujas, sur le même* §.

(119) Cujas, sur ce §.

(120) A moins qu'il n'y ait assez d'eau pour que plusieurs personnes puissent en user dans le même tems. Mais cette exception n'est énoncée que dans le § suivant.

» qu'on ne lui ait cédé que le droit de puisage, celui
» de passage n'en devient pas moins une suite néces-
» saire. »

Il y a ici une répétition vicieuse des mots *droit de
puisage*, qu'on peut, si l'on veut, attribuer à une faute
d'impression, en supposant que dans la dernière
période, on aura mis puisage pour passage, et passage pour puisage : mais dans ce cas même, la
traduction n'en sera pas plus exacte, parce que le
mot *passage* n'exprime pas avec justesse le droit
d'aller à la fontaine, dont il est question dans le
texte.

Loi 4.ᵉ : *Pecoris pascendi servitus, item ad aquam
appellendi, si prædii fructus maximè in pecore
consistat, prædii magis quàm personæ videtur.* —
Traduction : « Il y a plusieurs servitudes qui sont
» plus réelles que personnelles, telles que la servi-
» tude de passage, etc. »

Cette expression, *plus* réelles que personnelles,
donne l'idée d'une servitude tout à la fois réelle et
personnelle, mais où la première qualité domine;
tandis que le texte annonce que ces sortes de servitudes doivent être rangées uniquement dans la 1.ʳᵉ
classe. Il fallait, *plutôt* réelles que personnelles.

Suite et fin de la loi 4.ᵉ : *Si tamen testator per-
sonam demonstravit, cui servitutem præstari voluit,
emptori vel hæredi non eadem præstabitur servitus.* — Traduction : « Si cependant un particulier,

» en établissant par son testament une pareille ser-
» vitude sur son héritage, avait désigné la personne
» à qui il voulait que cette servitude fût due, alors
» elle deviendrait plus personnelle que réelle, et
» l'héritier du légataire, ni celui qui aurait acquis
» de lui le domaine, ne pourrait exiger la servi-
» tude. »

Nous ne rapportons ici cette longue paraphrase, que
pour mieux faire appercevoir la faute que Lalaure a
commise dans la traduction de la loi suivante.

Loi 5.ᵉ : *Ergo secundùm eum et vindicari poterit…*
— Traduction : « C'est pourquoi, selon Papinien,
» l'héritier du fonds dominant peut, à la mort du
» légataire, revendiquer la servitude qui se trouve
» éteinte par le décès. »

Tout cela n'a presque pas le moindre rapport avec
ce texte, qui paraît avoir singulièrement embarrassé
Lalaure, et qui, il faut l'avouer, soit par son laco-
nisme, soit par sa construction, soit par sa position
à la suite de la loi 4.ᵉ, était de nature à jeter dans
une grande perplexité. Mais il était un moyen bien
simple de se tirer d'affaire. Il suffisait de consulter
les jurisconsultes qui se sont occupés avec succès
de l'interprétation du Droit Romain : or, précisément, le plus habile de tous, Cujas (121), avait

---

(121) *Neque aliquid ignorare per illum, neque sine illo
discere quidquam licet.* — Gravina, cap. 140.

examiné cette loi (122); il avait montré qu'elle ne devait point être placée après la loi 4.e, mais bien après la loi 3.e, avec qui, en effet, elle se lie très-bien, comme le démontre cet auteur.

Et quand on admettrait que la loi 5.e est en effet une suite de la loi 4.e, la traduction de Lalaure n'en serait pas meilleure.

1.° Les mots *secundùm eum* n'ont pas le moindre rapport à Papinien. C'est, il est vrai, des ouvrages de Papinien qu'on a tiré la loi 4.e; mais Papinien n'est point nommé dans cette loi. Ulpien, auteur de la loi suivante, ne pouvait donc le citer, sur-tout dès qu'il commençait cette loi par un mot (*ergo*) qui annonçait qu'elle était une conséquence d'une décision précédente.

Secundùm ne signifie pas toujours *selon* : il est pris encore plus souvent, dans le Droit, pour *juxtà, pro*, etc. (123) Dans cette occasion, il signifiait *pour* ou *contre : Secundùm eum vindicari*, être revendiquées pour le cessionnaire, ou contre le cédant (124).

2.° La traduction prête au législateur une décision contraire à tous les principes du Droit : une servitude ne peut être tout à la fois personnelle et

____

(122) Cujas, sur le § dernier de la loi 5.^e

(123) Voyez Brisson, *de Verborum Significatione.*

(124) Parce qu'à la fin de la loi 3.e, à laquelle se lie la loi 5.e, il est question d'une cession de passage. — Voyez au reste Cujas.

réelle ; elle est ou de l'une ou de l'autre espèce. Si elle est de la seconde , elle continue à subsister, indépendamment des mutations arrivées dans les propriétaires , soit par mort, soit autrement : il n'y avait donc nul besoin d'en accorder la revendication au maître du fonds. Si elle est de la première, c'est-à-dire, si elle est personnelle, ainsi que l'est évidemment celle de la loi 4.ᵉ, elle est éteinte sans retour à la mort du légataire (125). Ainsi, dans l'une et l'autre supposition, la traduction de la loi 5.ᵉ est mauvaise.

Nous aurions pu nous arrêter ici. Nous avons, en effet, trouvé dans les premières pages de la traduction, un nombre trop grand de fautes (126), pour

---

(125) C'est peut-être parce qu'il appercevait ces conséquences, que Lalaure, dans la loi 4.ᵉ, a mis *plus* au lieu de *plutôt* (voyez ci-devant), afin de rendre la traduction de la loi 5.ᵉ plus supportable. Mais c'est ajouter une faute à une faute.

(126) On présume bien que nous n'avons pas donné la démonstration de toutes celles que nous avons découvertes. Nous indiquerons ici les traductions fautives dont nous n'avons pas fait mention.

Livre 7.ᵉ, titre 1.ᵉʳ, lois 15 (§ 7), 19 et 3o. — Titre 4, loi 24.ᵉ — Titre 6.ᵉ, loi 2.ᵉ

Livre 8.ᵉ, titre 1.ᵉʳ, lois 4 (au commencement et au § 1), 6, 8 (§ 1), 9, 13, 14 (§ 1), 16 et 17.

Titre 2.ᵉ, lois 5, 7, 10, 11, 12, 14, 19, 20 (au commencement et au § 2), 24, 26, 27 (§ 1), 28, 3o, 31, 33, 41.

Titre 3.ᵉ, loi 5, § 1.

n'être pas autorisés à penser que les suivantes ne seraient pas plus exactes, et avec d'autant plus de raison, que les premières pages contiennent les titres des servitudes, dont l'auteur a dû faire une étude plus particulière, puisque les servitudes étaient l'objet principal de son travail. Néanmoins, ne voulant rien laisser à désirer dans le nôtre, nous avons suivi la même méthode qu'à l'égard de la traduction d'Hulot, et nous avons parcouru quelques textes du reste de l'ouvrage : nous n'en avons pas été plus satisfaits. Citons encore des exemples.

Livre 34.e, tit. 1.er (*de Alimentis legatis*), loi 1.re ..... *Nam et haustus aquæ, ut pecoris ad aquam appulsus, est servitus personæ : tamen ei qui vicinus non est, inutiliter relinquitur,* etc. — Traduction : « Car le droit de puiser de l'eau et de mener boire » ses bestiaux est une servitude personnelle, qui » deviendrait cependant inutile à celui qui n'aurait » point de terres voisines de celles par lesquelles » serait due la servitude. »

Lalaure aurait dû s'appercevoir qu'il prêtait à la loi (127) une faute contre le bon sens, en lui faisant dire que les droits de puisage et d'abreuvage seraient inutiles à un propriétaire qui n'aurait pas des terres limitrophes, comme s'il n'arrivait pas très-souvent

____

(127) Et cette loi est extraite des ouvrages du premier Jurisconsulte Romain, de Papinien !

qu'on est obligé d'aller puiser de l'eau et d'envoyer
des bestiaux s'abreuver dans des lieux fort éloignés!
Il aurait alors soupçonné qu'il y avait quelque altération dans le texte, et il aurait consulté les interprètes. Cujas (128), Vinnius (129) et Pothier (130),
entre autres, lui eussent appris qu'il y avait dans la
Vulgate une transposition de points et une omission
d'une négation ; que les deux points devaient être
placés après *servitus*, et la négation répétée avant
inutiliter (131) ; de sorte qu'il faut traduire à peu
près : « Le puisage et l'abreuvage sont des servitudes
» réelles ; néanmoins on les lègue utilement à la *per-*
» *sonne* de celui qui n'a pas d'héritage voisin. »

Livre 39.ᵉ, titre 3.ᵉ (*de Aquâ et aquæ pluviæ
arcendæ*), loi 11.ᵉ : *Suprà iter alienum arcus aquæ
ducendæ causâ non jure fiet : nec is cui iter, actus
debetur, pontem quâ possit ire, agere, jure extruet.
At si specus, non cuniculum sub rivo aget, aqua
corrumpetur ; quia suffosso eo aqua manabit, et
rivus siccabitur.* — Traduction : « Celui à qui il est
» dû une servitude de passage, ainsi que celui qui
» la doit, ne peuvent, sans le consentement l'un de
» l'autre, élever un aqueduc pour faire passer de l'eau

---

(128) Lib. 2, *Resp. Papiniani*, ad L. 4, *de Servit. præd. rust.*
(129) Instit., *de Servitut.*, § 2.
(130) Pandectes, livre 34, tit. 1.ᵉʳ, n.º 3.
(131) Hulot a fait la même faute dans sa traduction.

» dans le chemin : cependant, celui à qui est due la
» servitude de passage, peut bien y faire un pont,
» lorsqu'il ne peut pas passer autrement. Mais si un
» particulier qui a le droit de faire passer son eau
» par votre ruisseau veut y faire un fossé, au lieu
» d'y faire un canal souterrain, dans ce cas, vous
» pouvez l'en empêcher, parce que l'eau croupissant
» dans cette fosse, s'y gâterait ou s'y perdrait, et
» que le ruisseau deviendrait sec. »

Il serait difficile d'accumuler plus d'erreurs que
Lalaure dans cette traduction, où le texte est entièrement dénaturé. Il lui offrait, il est vrai, quelque
obscurité et une altération ; mais s'il eût consulté
Cujas (132), qui a discuté deux fois cette loi, ou
seulement Pothier (133), qui a analysé et adopté
l'opinion de Cujas, il n'eût pas éprouvé le moindre
embarras. Il serait trop long de démontrer ici toutes
les fautes du Traducteur : nous nous bornerons à en
indiquer quelques-unes, et nous donnerons ensuite
une traduction de tout le texte ; de sorte qu'en la
comparant avec la sienne, on reconnaîtra mieux
combien celle-ci est fautive.

1.º Dans la 1.ʳᵉ phrase de la loi, *suprà iter*, etc.

---

(132) Cujas, in lib. 49, *Edict. Pauli*, ad d. l. 11 ; *et Observat.*, lib. 16, cap. 17.
(133) Pandectes, livre 8.ᶜ, titre 5.ᵉ, n.º 9.

ne veut point dire (faire passer de l'eau) *dans le chemin*, mais *au-dessus* du chemin.

2.° Il n'y a absolument rien qui signifie que « celui » à qui est due la servitude de passage peut y faire » un pont, lorsqu'il ne peut passer autrement. »

3.° La négation placée entre *specus* et *cuniculum*, devait être supprimée, parce que ces deux mots sont synonimes.

4.° *Aqua corrumpetur* indique que la servitude d'aqueduc sera dénaturée, et non point que l'eau croupira ou se gâtera. Outre que le verbe *corrumpere*, en cette occasion et autres semblables (134), est pris dans ce sens, le texte indiquait assez qu'il ne pouvait être question d'une eau qui croupit, puisque dans l'exemple qu'il cite, elle doit, au contraire, s'écouler, et le canal se sécher : *Aqua manabit, rivus siccabitur*.

Voici à peu près comment il faut traduire la loi :

« Celui à qui il est dû une servitude d'aqueduc, » ne peut élever au-dessus du chemin dû à un autre, » un arc ou un pont pour y faire passer son eau. De » même, celui à qui la servitude de chemin (135)

---

(134) Voyez Brisson, *de Verbor. Significat.*

(135) Pour abréger, nous traduisons par le mot *chemin*, les mots *iter* et *actus* qui désignaient deux espèces différentes de passages.

264

» est due, ne peut élever au-dessus (136) de l'aque-
» duc dû à un autre, un pont pour user de son droit
» de passage (137). Bien plus, si ce dernier creuse
» dans le même objet un chemin sous l'aqueduc, il
» dénaturera la servitude d'aqueduc, parce qu'il
» pourra occasionner l'écoulement de l'eau et le
» desséchement du ruisseau. »

Nous croyons avoir prouvé que la traduction (138)
de Lalaure ne mérite pas mieux que celle d'Hulot

---

(136) Après les mots *jure extruct* on a sous-entendu ceux-ci,
suprà aquœductum alienum. — Pothier, au même lieu.

(137) Voici, suivant Cujas, les motifs de ces deux décisions:
c'est que l'on ne peut établir une servitude sur une servitude,
ou que la construction des ponts occasionnerait des dommages
aux servitudes sur lesquelles on les éleverait.

(138) Nous n'avons point cité de fautes contre l'histoire du
Droit : rien ne nous eût été plus facile ; car Lalaure n'était
pas moins étranger qu'Hulot à cette science. En voici un
exemple. Il traduit les mots *interdicta... constituta sunt*, de la
loi 20, *de Servitutibus*, par ceux-ci : *l'action appelée interdit.*
Or, les interdits étaient des ordonnances du Préteur, et non
point des actions.

Addition à la Note 112.

Nous avons rapporté (note 112, page 74) l'imputation faite
par Voltaire (*Commentaire sur Corneille*) au langage du Barreau, d'être le langage des barbarismes : elle serait moins fondée
aujourd'hui, car ce langage s'est amélioré. Quelles sont les causes des vices de ce langage ? Ces vices sont-ils inhérens à la
science du Droit et à la procédure ? ou est-il possible de s'en

les éloges qu'on lui a prodigués. C'est par là que
nous terminerons nos recherches et nos remarques

---

corriger? Quels sont les moyens qu'on pourrait employer pour
atteindre à ce dernier but?... Voilà les questions principales
que nous discutons dans un Mémoire dont nous nous occupons,
et dont nous avons lu un fragment à la séance publique tenue le
28 août 1807, pour la clôture de l'École de Droit de Grenoble.
Nous allons extraire quelques passages de ce fragment.

Nous remarquerons auparavant que ceux qui sont attachés
aux expressions et tournures impropres du langage judiciaire,
se justifient, en général, sur ce qu'elles sont plus exactes et plus
courtes. Nous soutenons au contraire, qu'à l'exception des termes techniques indispensables, les expressions et tournures
peuvent être toutes remplacées par d'autres qui soient *françai-
ses* et en même tems aussi exactes et aussi abrégées. Entre autres
preuves que nous en donnons, nous rapportons, 1.º des passages de lois où de semblables fautes, qui étaient dans les projets,
ont été corrigées; 2.º des exemples d'expressions et tournures
qu'on aurait pu substituer, sans pécher contre l'exactitude et la
briéveté, à des expressions et tournures impropres que nous
avons trouvées, soit dans les mêmes projets, soit dans des
Recueils d'arrêts modernes très-estimés. Nous citerons plusieurs
de ces passages et exemples.

I. *Passages où les fautes ont été corrigées.*

Textes des Projets où étaient les fautes.	*Textes des Lois où les fautes ont été corrigées.*
1.º Le père seul, *constant le mariage*, exerce le droit de dé- tention.	1.º Le père seul exerce cette autorité *durant le mariage*.

sur les traductions du corps du Droit Romain ; recherches et remarques dont il résulte :

Qu'une traduction des lois Romaines offre beaucoup d'inconvéniens ;

Qu'en la supposant bonne, on ne doit s'en servir

2.º Sa quotité (d'une obli-gation) peut être incertaine, pourvu qu'elle puisse être *déterminable.*

2.º La quotité de la chose peut être incertaine, pourvu qu'elle puisse être *déterminée.*

3.º De la faculté accordée à la femme de reprendre *franche-ment* et *quittement* son apport.

3.º De la faculté accordée à la femme de reprendre son apport, *franc* et *quitte.*

4.º Si l'un des *échangeurs* a reçu la chose à lui donnée en échange.

4.º Si l'un des *co-permutans* a reçu la chose à lui donnée en échange.

II. *Passages où il y a des fautes, et Exemples des expressions qu'on aurait pu y substituer.*

Passages fautifs.

Corrections proposées.

1.º La loi n'applique la peine des fers *que pour autant* que le vol qui est spécifié *aurait* été commis par les maîtres ou do-mestiques.

1.º La loi n'applique la peine des fers *qu'autant* que le vol qui y est spécifié, *a* été commis par les maîtres ou domestiques.

2.º Un procès-verbal *bien,* *autant que ce faire,* régulier.

2.º Un procès-verbal régu-lier, *autant qu'il est possible.*

que comme d'un secours , et jamais comme d'un
guide ;

Qu'elle ne peut dispenser d'apprendre la Langue
originale du Droit ;

Que l'exécution d'un tel ouvrage est hérissée de
difficultés ;

Qu'aucun des Auteurs qui l'ont essayée jusqu'à
présent, aucun de ceux du moins dont nous avons

3.º M.ʳˢ A et B ont été entendus *à* témoins..... M.ʳ C a été entendu *à* témoin.

4.º La somme contenue dans le billet *prétendument* enlevé.

5.º L'audience à laquelle furent entendus les témoins *diligentés* par le demandeur.

6.º Il *n'a été établi* ni demandé aucune *constatation* de ces prétendues injures.

7.º Une action tendant à faire déclarer nul, comme frauduleux et *dolosivement* extorqué, un contrat de vente.

8.º En admettant même la nullité de l'obligation que N.

3.º M.ʳˢ A et B ont été entendus *comme* témoins. . . . . M.ʳ C a été entendu *comme* témoin.

4.º La somme contenue dans le billet *qu'on prétend* avoir été enlevé.

5.º L'audience à laquelle furent entendus les témoins *produits* par le demandeur.

6.º On n'a point *constaté* ces prétendues injures, ni demandé qu'elles fussent *constatées*.

7.º Une action tendant à faire déclarer nul, comme frauduleux et extorqué *par dol*, un contrat de vente.

8.º En admettant même la nullité de l'obligation que N.

examiné les traductions, n'est parvenu, à beaucoup près, à surmonter même une petite partie de ces difficultés;

Enfin, que les jeunes Légistes doivent être infiniment réservés lorsqu'il s'agira de se servir de ces traductions, et qu'il serait encore mieux de n'en faire aucun usage (139).

---

avait *assumée sur lui* de rapporter le consentement des héritiers.

9.º En ordonnant qu'il serait *supersédé* à toutes poursuites.

10.º Le préciput ne s'exerce que sur la masse *partageable*.

11.º L'estimation des meubles doit être faite *par gens à ce connaissant.*

avait *contractée* de rapporter le consentement des héritiers.

9.º En ordonnant qu'il serait *sursis* à toutes poursuites.

10.º Le préciput ne s'exerce que sur la masse *divisible*.

11.º L'estimation des meubles doit être faite par des experts. (On sait qu'on entend par *experts*, précisément des *gens à ce connaissant.*)

(139) Plusieurs fragmens de notre Ouvrage ont été lus à l'Académie de Grenoble, le 51 décembre 1806.

F I N.

www.ingramcontent.com/pod-product-compliance
Lightning Source LLC
LaVergne TN
LVHW020211030726
842520LV00003B/997